몽유도원도

몽유도원도

최인호

열림원

작가의 말

나는 《몽유도원도》에 각별한 애정을 갖고 있다. 언제부터인가 우리 나라의 설화 중에서 아름다운 사랑 이야기를 하나쯤 빌려와 낡은 고서화를 보는 것 같은 고졸古拙한 느낌의 소설 하나를 쓰고 싶다는 생각을 갖고 있었으며, 《몽유도원도》는 그러한 내 작가로서의 창작욕을 불태워준 작품이기 때문이다. 앞으로도 나는 우리 신화나 소설 속에서 소재를 얻어 소설로 형상화하고 싶다는 생각을 갖고 있다.

제목을 '몽유도원도' 라고 한 것은 조선 세종 때 안평대군이 꿈속에서 노닐던 도원경의 선경을 당대의 화가였던 안견에게 이야기해주고 그 꿈속의 도원경을 그린 안견의 화제畵題를 빌려온 것이다. '꿈속에서 노닐던 도원경' 의 세계는 실제로 오늘을 사는 우리들 현실인 것이다. 우리들의 인생이란 어차피 안평대군이 꾸었던 한바탕의 짧은 백일몽에 불과한 것이 아니겠는가?

이 소설은 《삼국사기》에 나오는 유명한 〈도미전〉에서 소재를 빌려왔다. 나는 우리 나라 설화 속에서 이와 같이 피처럼 절실하고, 죽음을 뛰어넘는 아름다운 사랑 이야기를 일찍이 본 적도 들은 적도 없다. 이 소설이 모태신앙이 되어서 한 사람을 완전히 사랑하기에도 짧은 우리들의 인생에서 사랑의 위대함을 확산시키는 작은 씨앗이 되기를 나는 소망하고 있다.

2002년 여름 해인당에서 최인호

한 사람을 완전히 사랑하기에도 짧은 우리들의 인생……

......

몽유도원도, 꿈속에서 본 아름다운 여인⋯⋯ 아랑

피처럼 절실하고 죽음을 뛰어넘은 아름다운 사랑 이야기……

서력 469년 10월.

백제百濟의 21대 왕이었던 개로왕 14년, 이때 《삼국사기》에는 다음과 같은 기록이 나오고 있다.

"10월 초하루 계유癸酉에 일식日食이 있었다."

무릇 역사 속에서 일식이 있었다는 것은 상서롭지 못한 일이 있었음을 암시하는 기록으로 실제로 이 무렵 도대체 어떤 일이 있었음일까.

17살의 어린 나이로 왕위에 오른 개로왕의 원래 이름은 여경餘慶으로 그는 우리 나라 역사상 가장 황음荒淫에 빠졌던 왕 중에 한 사람이었다.

대왕위에 오른 지 3년이 지났을 무렵 여경은 한낮에 잠을 자다가 짧은 꿈을 꾸었었다.

잠깐 용상 위에서 짧은 낮잠에 빠졌었던 그는 꿈속에서 절세의 미인을 만나게 되었다.

"저는 억겁을 통해서 당신을 사랑해온 여인입니다. 당신을 만나기 위해서 하늘의 허락을 얻어 잠시 지상에 내려왔습니다."

꿈속에서 이 연인과 평생을 통한 사랑을 나누었던 여경은 낮잠에서 깨어나서도 그 여인의 모습을 잊을 수가 없었다.

여경은 즉시 화공畵工을 불러 꿈속에서 보았던 그 여인의 모습을 똑같이 그리도록 한 후 이 그림을 전국에 보내어 그 여인의 모습과 닮은 사람이 있으면 왕궁으로 불러들이도록 하였다.

그러나 수많은 여인들이 불려와 여경에게 보여졌으나 꿈속에서 보았던 그 전생前生의 여인이 아니었다. 여경은 불려온 여인들과 관계하곤 하였는데 남편이 있는 부인이라 하여도 개의치 아니하였다.

이러한 무도無道는 드디어 하늘을 움직여 하늘에 뜬 해마저 사라지게 하는 변고를 일으키게 하는데, 개로왕이 얼마나 황음에 빠져 있었던가는 《삼국사기》의 인물 열전에 그 내용이 상세

14

히 기록되어 있을 정도였다.

《삼국사기》48권에는 도미都彌라는 인물이 나오는데 그 인물에 대해서《삼국사기》는 다음과 같이 간략하게 설명하고 있다.

"도미는 백제인이었다. 비록 벽촌에 사는 소민小民이었지만 자못 의리를 알며 그의 아내는 아름답고도 절행節行이 있어 당시 백제왕국의 사람들로부터 칭찬을 받고 있었다."

도미는 백제의 왕도인 한성 부근에 사는 평민이었다. 그는 농사를 짓는 한편 농사 기간이 지나면 사냥을 하여서 생업을 삼고 있었던 상민이었다. 그러나 비록 한성 부근의 벽촌에 사는 소민이었지만 도미는 평범한 사람은 아니었다. 그는 마한 사람으로 이들의 선조는 원래부터 왕도 부근의 한강가에서 부락을 이루면서 살고 있던 토착세력이었던 것이다. 그러니까 마한 사람들은 한강변에 먼저 세력을 이루면서 살고 있었던 원주민들이었던 것이었다. 이들은 비록 수백여 년 전 백제의 태왕인 온조에 의해서 멸망되어 복속되었지만, 왕궁에 귀속되어 살면서 벼슬에 오르는 사람들은 극소수였고 대부분 그대로 강변의 벽촌에서 부락을 이루면서 소민으로 살고 있었던 것이었다. 이들은 농사를 짓는 한편 주로 사냥에 종사하고 있었다. 마한 사람들은 비록 멸망되었다고는 하지만 아직도 큰 부락을 이루면서 살고 있었는데 도미가 살고 있던 부락의 이름은 '백제伯濟'라 하였다. 도미는 그 부락의 우두머리인 '읍차邑借'였다. 규모가 큰 부족의 우두머리는 '신지臣智'라고 하였고 규모가 작은 부족의 우두머리는 '읍차'라고 하였다고 《삼국지》의 동이전은 기록하고 있는데 도미는 바로 그 부족의 우두머리인 '읍차'였던 것이다.

그에게는 예쁜 아내가 있었다.

《삼국사기》에도 표현되어 있듯이 "눈부시게 아름답고 절행이 있어 당시 백제왕국 거의 모든 사람들로부터 칭찬을 받고 있었던" 경성지색傾城之色이었던 것이었다.

그 여인의 이름은 아랑娥浪이라 하였다.

도미의 아내 아랑도 비록 농사를 짓는 소민이긴 하였지만 지금은 멸망해버린 마한의 부족국가 중에서도 가장 큰 세력집단이었던 월지국月支國의 지배자인 신지의 후예였던 것이다.

때로는 목지국目支國이라고도 불리었던 이 부족국가는 마한의 잔존세력 중 가장 끝까지 남아서 백제의 세력에 저항하였던 최후의 마한국이었다.

전성기 때 마한은 55개 이상의 소국小國으로 이루어져 있었

는데 그 마지막 주세력이었던 월지국이 멸망한 것은 비교적 근세인 근초고왕 때의 일이었던 것이다.

오늘날의 충청남도인 직산과 평택 근처, 혹은 공주, 전라북도 익산 등지에 있었다고 추정되는 월지국의 위치는 자세히 밝혀낼 수는 없지만 도미의 부인이었던 아랑은 바로 그 월지국의 우두머리인 신지의 후예였던 것이었다.

그러므로 《삼국사기》에는 도미와 그의 아내인 아랑을 벽촌에 사는 소민으로 표현하고는 있지만 실은 나름대로 한 촌락의 우두머리급의 선민들이었던 것이었다.

꿈속에서 보았던 왕비의 얼굴을 화공을 시켜 그려서 전왕국으로 내려보내 널리 미인을 구하던 대왕 여경은 어느 날 채홍사採紅使로부터 귀가 번쩍 뜨이는 말을 듣게 된다.

원래 채홍사란 말은 조선시대 연산군 때 예쁜 미녀와 좋은 말을 구하기 위해서 만든 채홍준사採紅駿使란 말에서 유래되긴 하였지만 원래부터 용모가 아름다운 여인들을 징발해오는 일은 중국에서부터 있었던 일로 이를 채홍순찰사採紅巡察使로 부르고 있었던 것이었다.

왕도 한성에서 가까운 벽촌으로 체찰사體察使로 나갔었던 관

18

리가 돌아와서 대왕 여경에게 다음과 같이 말하였다.

"대왕마마, 신이 마침내 화상과 똑같은 미인을 발견하였나이다."

그렇지 않아도 대왕 여경은 심신이 불편하던 참이었다. 그는 왕국 내에서 뽑혀 올라온 여인들을 직접 친견하곤 하였지만 단 한 사람의 여인도 닮은 여인을 발견해내지 못하였던 것이었다. 여경의 마음속에는 오직 한 사람 꿈속에서 만났던 왕비에 대한 연정뿐이었다. 그러므로 천하의 미인이라 할지라도 여경의 마음을 사로잡을 리가 없을 것임을 신하들은 잘 알고 있었다. 그 어떤 미인도, 그 어떤 경국지색도 여경의 눈에는 다만 하나의 인물에 불과할 따름이었다.

뽑혀온 여인을 여경은 침전으로 끌고 들어가 하룻밤의 정분을 나누곤 하였다. 그 여인들은 오직 여경에 있어 하룻밤의 대상일 뿐 그 이상은 못되었다.

바닷물을 마시면 마실수록 갈증이 날 뿐. 여경의 마음은 그 대용물을 탐하면 탐할수록 더욱더 목말라하였다.

도미의 부인 '아랑' 이야말로 이러한 여경의 마음을 사로잡은 단 하나의 여인이었다고 사기는 기록하고 있다.

모든 문무백관도 대왕 여경이 빨리 계실繼室을 맞아들일 것을 원하고 있었다. 그래야만 나라가 안정되고 온 조정이 편안해질 것이기 때문이었다.

이러할 때 체찰사로 나갔었던 관리가 마침내 화상과 똑같은 얼굴을 발견하였다는 보고를 하는 것은 낭보가 아닐 수 없었다.

"그대가 과연 왕비의 화상과 똑같은 여인을 보았더란 말이냐."

여경은 다짐하듯 물어 말하였다.

"그렇사옵니다, 마마."

체찰사가 자신 있게 말하였다.

"이미 그 여인에 관한 소문은 온 왕국 내에서 자자하였나이다."

체찰사의 이름은 향실向實이라 하였다. 그는 원래 비천한 자였는데 그가 여경의 마음에 들게 된 데에는 그가 뽑아 올리는 여인이 비교적 여경의 마음에 들었기 때문이었다.

"그 여인이 사는 곳이 어디라 하더냐."

대왕이 묻자 향실이 대답하였다.

"한성에서 가까운 강변에 있는 백제라는 곳이나이다."

"백제라 하면 토인土人들이 사는 곳이 아니냐."

20

당시 기마민족으로서 정복 왕조를 이룬 백제의 귀족들은 먼저 살고 있던 원주민인 토착민들을 토인이라 부르며 은근히 이를 멸시하고 있었다.

"그렇사옵니다, 마마."

"그러하면 마족馬族이 아니더냐."

백제인들은 마한인들을 마족이라고 부르면서 이를 경원시하였는데 마한인들은 성내에도 출입하지 못하였던 천민들이었던 것이었다.

"그, 그렇사옵나이다, 마마."

그러자 여경은 소리쳐 말하였다.

"네 이놈, 마족 중에서 어떻게 미색美色이 나올 수 있단 말이냐. 마족놈들이야 그야말로 소나 돼지와 같은 축생들이 아니겠느냐. 네놈이 공연히 입을 열어 나를 놀리려 함이냐."

대왕이 노하자 향실은 황급히 몸을 굽혀 떨며 말하였다.

"그, 그럴 리가 있겠습니까, 마마. 그 여인에 관한 소문은 널리 왕국에 두루 번져 있고 미려한 그 여인의 자태는 성 안에 회자되고 있나이다. 그리하여 성 안의 간부들은 술을 마시면 '강가에 가인이 있어, 절세絶世로 오직 한 사람뿐이네.' 이러한 노래마저 부르고 있다고 하나이다."

향실은 여경 앞에서 노래를 부르고 있었다. 물론 여경도 그 노래의 의미를 알고 있었다. 그 노래는 한서漢書 이부인전李夫人傳에 나오는 노래로 어느 날 한무제는 가수歌手 중 이연년李延年이란 자에게 노래를 부르도록 하였다. 이연년은 음악적 재능이 풍부하고 노래도 잘 부르며 춤도 잘 춰서 무제의 총애를 한 몸에 받고 있었다. 그는 황제 앞에서 춤을 추면서 노래를 하였는데 그 노래는 다음과 같다.

북방에 한 가인佳人이 있어
절세로 오직 한 사람뿐이네
한 번 생각一顧에 성을 기울게 하고傾城
두 번 생각再顧에 나라를 기울게 했다傾國
어찌 경성, 경국을 모르리오마는
절세의 가인은 두 번 다시 얻기 어려우리

이 노래를 들은 한무제는 한숨을 쉬면서 이렇게 말했다 한다.
"아아, 세상에 그런 여인이 정말 있을까."

이때 무제의 누이인 평양공주平陽公主가 귀띔을 해주었다고 한다.

"연년에게 바로 그런 동생이 있습니다."

무제는 즉시 연년의 누이동생을 불러들였는데 과연 절세의 가인이었다. 무제는 곧 그녀에게 사로잡혀 온 나라가 기울어질 만큼 사랑에 빠지게 되었는데, 경국지색傾國之色이란 성어는 바로 그로부터 유래된 말. 향실도 노래를 잘 부르고 춤도 잘 추는 재인才人이었으므로 멋들어지게 노래를 한 곡조 불러내리고 나서 향실은 간사하게 웃으면서 말을 이었다.

"마마, 한 번 생각에 온 성이 기울어지고, 두 번 생각에 온 나라가 기울어지나이다. 온 성이 기울어지고 온 나라가 기울어진다 하여도 어찌 절세의 가인이야 두 번 얻을 수 있겠나이까."

뻔뻔하고 은밀한 향실의 농제였다. 그럼에도 불구하고 대왕 여경은 화를 내지 않고 웃으면서 말하였다.

"그 노래야 네놈이 일부러 지어 부른 노래가 아닌 것이냐. 네놈이 일부러 나를 놀리려 함이냐."

"아, 아닙니다. 마마."

향실은 웃음을 거두고 진지한 얼굴이 되어 정색을 하고 말하였다.

"북리란 강변에 사는 아랑이 절세가인이라는 사실은 온 성 안이 다 알고 온 나라가 다 알고 있는 분명한 사실이나이다. 그 사실을 모르고 있는 사람은 오직 대왕마마뿐이나이다."

아랑.

도미의 부인 아랑.

재인 향실이 무심코 부른 노래의 가삿말처럼 결국에는 왕성인 한성을 기울어 망하게 하고 나라인 백제를 흔들어 망하게 한 여인 아랑. 그리하여 마침내 개로왕 자신도 죽음에 이르게 한 절세가인 아랑.

향실의 입에서 아랑의 이름이 나오자 대왕 여경은 귀가 번쩍 트인' 듯 물어 말하였다.

"그녀의 이름이 아랑이더냐."

"그러하옵니다, 마마. 그 여인의 이름이 아랑이라 하더이다."

"그런데, 무슨 일로 왕궁까지 데려오지 못하였더란 말이냐."

여경은 궁금해하던 질문을 마침내 토해내었다.

그러자 향실이가 머리를 조아리면서 답하였다.

"그러하온데 마마, 약간의 문제가 있사옵나이다."

"문제라니. 성 밖에 살고 있는 마족 중의 여인 하나를 뽑아 궁 안으로 데려오는데 무슨 문제가 있더란 말이냐."

여경의 말은 사실이었다. 마한인들은 천민 중의 천민으로서 성 안으로도 출입하지 못하였으며 심지어는 노역에도 종사하지 못하고 있었다. 필요에 의하면 노예로 불러다가 공물로 바치기도 하였으며 심지어는 사고 파는 매매를 하기도 하였던 것이었다. 개나 돼지와 같은 짐승들로 취급하고 있는 마족 중에서 여인 하나를 왕명에 의해서 차출해오는 것에 무슨 문제가 있는 것인지 여경은 도저히 이해할 수 없었던 것이었다.

"문제가 있는 것이, 아랑이란 여인은 이미 정혼을 한 부인이라는 사실이나이다, 마마."

이미 황음에 빠져 무도한 경지에 이른 여경에게는 향실의 말이 달리 문제가 될 것이 없음이었다.

"개나 돼지들이 서로 짝을 지어 흘레를 붙어 새끼를 낳는다 해서 암놈을 부인으로 부르고 수놈을 서방이라고 부른단 말이냐."

"무, 물론입니다, 마마. 그럴 리는 없습니다."

"마족놈들은 사람이 아니다. 그놈들은 말이나 개와 같은 짐승들이다."

"하오나 마마."

향실이 간사한 목소리로 짐짓 꾸며서 덧붙여 말하였다.

"아랑에게는 비록 소민이지만 의리를 알며 그들 토족들의 우두머리인 읍차로 존경을 받고 있는 도미란 남편이 있사옵니다, 마마."

아무리 일국의 대왕이라고는 하지만 엄연히 지아비가 있는 남의 부인을 함부로 넘볼 수는 없는 일이었으므로 여경은 이를 포기하려 하였다. 그러나 향실은 대왕의 마음을 사로잡을 절호의 기회를 놓쳐서는 안 된다고 생각하고 있었다.

"하오나 다른 방법이 없는 것은 아닙니다, 대왕마마."

이때 향실이 여경의 마음을 다음과 같은 감언으로 사로잡았다고 사기는 기록하고 있다.

"무릇 모든 부인의 덕은 정결貞潔이 제일이지만, 만일 어둡고 사람이 없는 곳에서 좋은 말로 유혹하면 마음을 움직이지 않을 사람은 드물 것입니다 凡婦人之德 誰以貞潔爲先 若在幽昏無人之處誘之以巧言 則能不動心者鮮矣乎."

그러고 나서 향실은 솔깃해진 대왕 여경의 마음에 한 가지 계교를 내어 유혹하였다. 일단 그 소문난 아랑이라는 여인을 한번

직접 보고 나서 마음에 들지 아니하면 그 여인을 버리고 마음에
들면 그런 연후에 다음 방법을 도모해도 늦지 않으리라고 유혹
한 후, 우선 그 도미라는 읍차가 살고 있는 부락으로 사냥 나가
서 그 여인을 한번 만나보라는 것이 향실의 권유였었다. 여경은
향실의 말을 그대로 받아들였다.

여경은 아름다운 아랑의 모습을 보고
　　꿈속에서 본 여인이 틀림없다고 생각하는데……

다음날 향실은 먼저 도미를 찾아가 다음과 같이 말하였다. "내일 대왕마마께서 직접 사냥을 나오십니다." 주로 농사를 짓지만 농한기에는 사냥을 생업으로 삼고 있던 도미로서는 대왕이 어째서 자신이 살고 있는 마을로 사냥을 나오게 되는지 이를 이해할 수 없었다. 더욱이 여경은 다른 왕족들과는 달리 사냥을 즐기지 아니하였다. 선왕이었던 비유는 사냥을 좋아해서 주로 왕도인 한산 근처에서 사냥을 즐겼었다고 사기는 기록하고 있는데 여경은 사냥보다는 바둑이나 여흥을 더 좋아하고 있었던 것이었다. 그러나 어쩔 수 없는 일이었다. 대왕이 사냥을 나오면 마을 사람들은 잔솔밭에 숨어 있는 꿩이나 새를 날리는 털이꾼

노릇을 할 수밖에 없었다.이튿날 과연 체찰사가 먼저 들러 말하였던 대로 대왕 여경은 사람들을 이끌고 사냥을 나왔다. 사냥이라고는 하지만 창으로 짐승을 찔러 죽이는 창사냥이나 덫을 놓아 맹수를 잡는 덫사냥이 아니고 말을 타고 달리다가 털이꾼들이 작대기를 두들겨 새를 날리면 날아오르는 새를 화살을 쏘아 맞히는 활사냥이 고작이었다.

여경의 활 솜씨는 형편이 없었다. 여경의 궁술은 초보 수준에 불과하였으며 말을 타고 달리는 솜씨도 부족하였다.

도미는 털이꾼들이 나무를 두들겨 새나 꿩을 날리면 여경의 바로 옆을 지키고 있다가 새가 날아가는 방향을 손가락으로 가리켜주는 매꾼 노릇을 하고 있었다.

그런데 이러한 사냥 중에 뜻밖의 사건이 벌어지게 된 것이었다.

그것은 사냥 중에 대왕 여경이 말에서 떨어진 것이었다. 여경은 그 즉시 정신을 잃고 혼절하였으며 따라서 여경의 몸은 부족 중에서도 가장 우두머리인 도미의 집으로 옮겨질 수밖에 없었다.

그러나 이 모든 것은 이미 대왕 여경과 향실과 그리고 시의侍醫 세 사람이 미리 짜고 꾸민 연극이었던 것이었다. 대왕 여경이 자연스럽게 도미의 집에 들어서 그의 아내인 아랑의 모습을

볼 수 있는 방법은 이러한 방법밖에 없었기 때문이었다.

대왕 여경이 도미의 집으로 옮겨지자 향실은 일부러 혼비백산한 몸짓을 꾸몄으며 시의를 보며 당황하고 다급한 목소리로 물어 말하였다.

"대왕마마의 정신을 일깨울 방법이 없단 말이냐."

그러자 시의가 몸을 떨면서 말하였다.

"마마께서는 살煞을 맞으셨습니다."

시의의 말을 들은 순간, 향실은 소스라쳐 놀라는 척을 하였다. 시의의 말이 사실이라면 이는 보통 일이 아니었던 것이었다. 살신煞神으로부터 살을 맞았다면 우선 액厄을 물리쳐야 하는 것인데, 그 방법으로는 오직 맹인무당을 불러서 옥추경玉樞經을 읽어야만 그 살을 물리칠 수 있기 때문이었다. 옥추경이라 하면, 소경이 읽는 도가道家의 경문 중의 하나인데, 경각을 다투는 위급한 상황에서 어디서 맹인무당을 불러오고, 어디서 경문을 구해올 수 있단 말인가.

"하오나, 나으리."

시의가 향실을 쳐다보면서 말하였다.

"구급처방이 없는 것은 아닙니다."

"그게 무엇이냐."

"마마께서는 살을 맞으셨으니 다른 사람의 기를 받아들이면 일단 횡액을 면할 수 있나이다."

"다른 사람의 기라니, 그게 도대체 무슨 소리냐."

그러자 시의가 대답하였다.

"대왕마마께서 몸이 식어가시는 것은 급살을 맞으셨기 때문이온데 일단 몸을 데워서 체온을 보온하여야만 그 액을 물리칠 수 있나이다. 그래야만 대왕마마께오서 생기를 찾고 정신을 차릴 수 있을 것이나이다."

"대왕마마의 몸을 데울 수 있는 방법이라면 무엇이냐."

향실은 짐짓 떨리는 목소리를 가장하여 물어 말하였다.

"내 묻지 않느냐. 대왕마마의 몸을 데울 수 있는 방법이 무엇이냐고 묻지 않았더냐."

재차 향실이 꾸짖어 묻자 시의가 허리 굽혀 대답하여 말하였다.

"사람의 피血뿐이나이다."

사람의 피.

대왕 여경의 급살을 풀고 식어가는 여경의 몸을 덥힐 수 있는 단 하나의 구급처방법. 사람의 피.

"사람의 피라니."

향실이 받아 말하였다.

"사람의 피라면 무엇을 말함이냐."

"예로부터,"

시의가 대답하였다.

"사람의 목숨이 경각에 달려 있게 되면 단지斷指라 하여 손가락을 잘라서 그 피를 먹이곤 하였나이다. 그러하면 죽어가던 노인도 일단 한숨을 돌려서 살아나곤 하였나이다. 남편이 죽어갈때 아내는 그 손가락을 잘라서 피를 먹여 살리고, 아버지가 죽어가면 딸이 손가락을 베어 그 피를 먹여 살려서 이를 효부효녀라 하였나이다. 물론 나으리, 피를 먹이는 이 방법은 마마의 몸을 완전히 회복시키지는 못하오나 일단 정신을 들게 하여 무사히 환궁하실 수는 있을 것이나이다."

임시처방으로 대왕 여경을 환궁시킬 수 있다는 시의의 말에 향실은 정신이 번쩍 들었다. 향실은 허리에 차고 있던 단도를 빼어들고 말하였다.

"내 손가락을 자를 것이다."

그러자 시의가 황급히 손을 들어 말리면서 말하였다.

"나으리, 손가락을 자르지 마십시오."

"무슨 소리냐. 조금 전에 네가 대왕마마를 깨울 수 있는 단 하나의 방법으로 손가락을 잘라 그 피를 마시게 하는 수밖에 없다고 분명히 이르지 않았느냐."

"그렇사옵니다, 나으리. 하오나,"

시의가 머리를 흔들며 말하였다.

"나으리의 피는 아무런 소용이 없나이다."

"아무런 소용이 없다니."

향실이 물어 말하자 시의가 대답하였다.

"무릇 모든 자연에도 음양의 조화가 있나이다. 온갖 천지만물이 음과 양의 두 기운으로 서로 나누어지면서 조화를 이루고 있거늘 하물며 사람에 있어서는 일러 무엇하겠나이까. 나으리, 대왕마마께오서는 양陽이시니 반드시 음陰의 피를 받아야만 회생하실 수 있으시겠나이다."

"대왕마마께오서 양이라면 음은 무엇이냐."

향실의 질문에 시의는 대답하였다.

"여인이나이다, 나으리. 대왕마마께오서는 젊은 여인의 더운 피가 필요하나이다."

젊은 여인의 더운 피. 시의의 입으로부터 흘러나온 단 하나의 구급처방.

그러나 어디에서 대왕 여경의 급살을 풀어줄 수 있는 젊은 여인을 구할 수 있단 말인가. 도대체 어디에서 대왕마마를 위해 손가락을 자를 수 있는 여인을 구할 수 있단 말인가.

그 즉시 향실은 도미를 불러들였다고 전하여진다.

이 모든 일은 일사천리로 진행되었던 것이다. 미리 사냥을 떠나오기 전에 대왕 여경과 향실, 그리고 어의 세 사람이 미리 짜두었던 비밀의 약속이었으므로 추호의 망설임도 없이 곧바로 진행되었던 것이다. 향실은 도미를 불러들여서 대왕마마를 구해내는 단 하나의 방법은 젊은 여인의 더운 피를 마시게 하는 것뿐이라고 설명한 후 도미의 아내인 아랑의 손가락 하나를 잘라서 그 피를 종지에 담아 달라고 말하였다. 비록 부드러운 권유의 말이었으나 실은 추상과 같은 어명이었다. 거역할 시에는 그 즉시 참형에 처해질 왕명이었으므로 도미는 그대로 물러 나와 아내인 아랑을 만나서 자초지종을 말하였다. 이에 아랑은 다음과 같이 대답하였다고 전하여진다.

"서방님께오서는 너무 심려치 마시옵소서. 예로부터 군신지의君臣之義라 하여 신하된 사람은 군주된 임금을 하늘처럼 섬기는 일이 의로운 일이라 말하였나이다."

"하지만."

도미는 차마 말을 잇지 못하였다. 하지만 그들에게 있어서 대왕 여경은 원수의 무리들이 아닌가. 그들을 짓밟고, 그들의 영토를 빼앗고, 그들을 개나 돼지처럼 노예화시킨 철천지 원수가 아닐 것인가. 아랑은 도미가 일단 말을 꺼내었으나, 차마 잇지 못하는 말의 내용을 모두 짐작할 수 있었다.

"하오나."

아랑도 차마 더 이상 말을 잇지 못하였다. 하지만 손가락을 자르라는 왕명을 거역할 시에는 그 즉시 처형되고 말 것임을 나타내 보이는 무언의 표현이었던 것이었다. 어쨌든 아랑은 날카로운 단도로 새끼손가락을 잘라내었다. 매듭을 끊어내자 붉은 선혈이 솟구쳐 흘러내렸다. 종지에 그 피를 받으면서 아랑은 불길한 예감에 몸을 떨었다.

'어쩌면.'

대왕의 다음번 요구는 새끼손가락에서 흘러나오는 한 종지의 생혈이 아닐지 모른다. 내 몸의 모든 피를 요구하게 될지도 모른다.

그날 대왕 여경은 새끼손가락을 단지한 아랑의 생혈을 마신 후 피살避煞하여 정신을 차리는 것으로 연극을 끝냈다.

정신이 돌아온 후 왕궁으로 돌아올 때까지 여경은 도미의 집에서 장시간 머무르며 안정을 취하고 있었는데 그동안 여경은 아랑의 간호를 받았다.

여경은 비로소 아랑의 모습을 볼 수 있었는데 아랑의 모습을 본 순간 여경은 아랑의 뛰어난 미모에 현혹당했으며 바로 꿈속에서 보았던 그 여인에 틀림없다고 생각하였다. 온 왕성 내의 뭇사내들이 노래를 지어서 부를 만큼의 뛰어난 미모라는 향실의 표현이 결코 과찬이 아님을 여경은 직접 자신의 두 눈으로 확인한 것이었다.

환궁하여 돌아온 여경은 좀처럼 그 아랑의 자태를 잊지 못하였다. 그러나 하늘을 나는 새도 떨어뜨릴 수 있는 대왕이라 할지라도 지아비가 있는 남의 부인을 함부로 빼앗을 수는 없음이었다. 아무리 도미와 아랑이 개나 돼지와 같은 짐승으로 멸시하는 마족의 무리라 하여도 정절을 생명으로 여기는 남의 부인을 함부로 빼앗아올 수는 없음이었다.

이러한 여경의 마음을 날카롭게 꿰뚫어 본 사람이 바로 향실이었다. 그는 여경에게 다음과 같은 감언이설로 유혹하였다고 사기는 기록하고 있다.

　"무릇 모든 부인의 덕은 정절이 제일이지만 만일 어둡고 사람이 없는 곳에서 좋은 말로 유혹하면 마음을 움직이지 않을 사람은 없는 법입니다."

　이에 여경은 다음과 같이 물어 말하였다.

　"네가 말하는 좋은 말巧言이란 무슨 말을 이름이냐."

　그러자 향실이 간사하게 웃으면서 답하였다.

　"무릇 여인으로 패물과 장신구를 좋아하지 않는 사람은 드물 것입니다. 아름다운 의복과 보석으로 된 노리개를 싫어하는 여인은 없을 것이나이다."

　"허지만."

　여경은 꾸짖어 말하였다.

　"방금 네 입으로 말하지 않았느냐. 그 부인을 어둡고 남편이 없는 곳에서 좋은 말로 유혹하여야 한다고 말하였는데 두 눈 뜨고 살아 있는 남편을 어떻게 없이 할 수 있단 말이냐."

　이에 향실이 미리 계교를 준비하여 두었던 듯 소리를 낮춰 귓

속말로 간하였다. 향실의 말을 들은 여경의 입가에서 회심의 미소가 떠오르기 시작하였다.

다음날 도미는 사냥을 하다가 어명으로 왕궁으로 불려갔다. 도미는 자신이 어째서 왕궁으로 불려 들어가는가 그 이유를 알지 못하였다. 그러나 곧 그 연유를 알게 되었는데 이는 사냥을 하다가 멧돼지를 만난 위급한 상황에서 대왕의 목숨을 구한 공신으로 상급을 주기 위함이었다. 도미는 마족의 천민이었으므로 벼슬을 내리기보다는 녹봉祿俸을 내리기 위함이었다. 사철의 첫달인 음력 정월, 사월, 칠월, 시월 등 사맹삭四孟朔에 곡식과 옷감을 내리는 녹을 내리기 위함이었다.

도미로서는 어쨌든 영광이었다.

봉록을 내리고 나서 여경은 도미에게 물어 말하였다.

"그대가 바둑을 둘 줄 안다고 하는데 그게 사실이냐."

마한인들은 한결같이 바둑을 잘 두고 있었다. 일찍이 여경의 기대조棋待詔였던 흘우屹于도 마한인으로 지방의 말단 관리였지만 워낙 바둑을 잘 둔다는 이유 하나만으로 대왕 여경 곁에서 가까이 있는 근신이 될 수 있었던 것이었다. 이에 도미는 말하였다.

"잘은 못 두지만 행마법 정도는 알고 있나이다."

사기에서는 '바둑'을 '장기博'라고 기록하고 있지만 이는 오기일 것이다. 왜냐하면 개로왕은 장기의 고수가 아니라 바둑의 명수로 이미 사기에 여러 번 기록되어 있었으므로 바둑이라 함이 옳기 때문이다. 그러나 그 말은 어디까지나 겸손의 말일 뿐 도미의 바둑 솜씨는 이미 널리 소문이 나 있을 정도였던 것이다. 사전에 이 모든 정보를 향실로부터 전해 듣고 있었던 여경으로서는 듣던 중 반가운 소리였을 것이다.

"그러하면 바둑이나 한번 두어보세나."

여경의 바둑 솜씨가 왕국 제일이라 함은 이미 앞에서도 소개한 바가 있다. 도미의 바둑 역시 상당한 고수였지만 대왕 여경의 솜씨에 비하면 상대가 되지 않을 정도였다.

그럼에도 불구하고 첫판을 도미가 이기고 여경이 졌다고 전해지고 있다. 첫판을 진 대왕 여경은 다음과 같이 말하였다.

"나는 지금까지 바둑을 두어서 남에게 한 번도 져본 적이 없는 사람이다. 그대가 바둑으로 나를 이긴 첫 번째 사람이다. 그러므로 다시 한 판 더 둘 것이다. 그러나 이번에는 그냥 두는 것은 아니다. 그야말로 목숨을 걸고 한 판을 더 둘 것이다."

이에 도미가 몸을 떨며 말하였다.

"대왕마마, 소인은 바둑을 둘 수 없나이다."

그러자 여경은 다음과 같이 말하였다.

"이 바둑판 앞에서는 대왕도 없고 마족인도 없다. 있는 것이란 그대와 나뿐이다."

생명을 걸고 둔 바둑이었다고 사기는 기록하고 있으니 아마도 바둑판 옆에서 날카로운 도자刀子 하나가 놓여졌을 것이다. 말하자면 이기는 자는 진 자의 생명을 빼앗아도 좋다는 맹약이었는데 진 자는 무엇이든 이긴 자의 요구를 들어주어야 한다는 조건이었을 것이다.

도미는 덫에 걸린 셈이었다.

바둑에 져도 죽고 이겨도 죽고 바둑을 두지 않아도 죽을 판이었다. 이렇게 된 이상 어쩔 수 없음이었다.

여경과 도미는 목숨이 걸린 운명의 바둑 대국을 한판 벌였는데 마침내 도미는 참패하고 말았던 것이었다. 바둑을 이기자 여경이 단도를 집어들고 말하였다.

"그대는 내기에서 졌고 나는 이겼다. 그러므로 그대의 목숨을 이 단도로 찔러 빼앗는다 하여도 나는 무도한 일을 하는 것은

아니다. 하지만 그대가 나를 위경危境에서 구해내주었으니 그대의 목숨을 빼앗을 생각은 없다. 그 대신 한 가지 조건이 있다. 그대를 죽이지 않고 살려주는 대신 한 가지 조건이 있다."

"……"

도미는 묵묵히 침묵하여 말을 하지 않았다.

"진 자는 이긴 자가 무엇이든 요구하여도 이를 들어준다고 이미 약속하였으므로 너를 죽여 생명을 빼앗는 대신 다른 요구를 하겠다."

"그게 무엇이나이까, 대왕마마."

도미가 눈을 들어 여경을 쳐다보며 묻자 여경은 다음과 같이 대답하였다. 이 기록이 사기에 나와 있다.

"내가 오래 전부터 그대 부인의 아름다움에 대한 소문을 들어왔었다 俄久聞爾好."

그리고 나서 여경은 다시 말하였다.

"사냥을 나가서 그대의 부인을 보았는데 소문대로 아름다웠다. 네 목숨을 빼앗는 대신 네 부인을 나에게 다오. 나는 네 부인을 왕궁으로 데려다가 궁인宮人으로 삼을 생각이다."

순간 도미는 모든 계략을 알게 되었다. 어째서 대왕이 자신의 부락으로 사냥을 나왔는가 알게 되었으며, 또한 어째서 자신을 왕궁으로 불러들여 녹봉을 내리고 바둑을 두게 하였는지 알게 되었으며, 또한 어째서 첫판을 일부러 져주었다가 목숨이 걸린 바둑을 유도한 후 이를 이겼는가 그 이유를 단숨에 깨닫게 된 것이었다.

바둑에서 진 도미에게 목숨 대신 아내인 아랑을 달라는 대왕 여경의 요구에 대해서 도미는 다음과 같이 대답하였다고 《삼국 사기》는 기록하고 있다.

"사람의 정은 헤아릴 수 없습니다, 마마. 그러나 신의 아내 같은 사람이라면 죽더라도 마음을 고쳐먹지는 않을 것입니다人之情不測也 而若臣之妻者 雖死無貳者也."

참으로 자신 있는 대답이 아닐 수 없었다. 하늘을 나는 새도 떨어뜨릴 수 있는 대왕의 권세도 아내의 정절을 꺾을 수 없으며, 설혹 죽음의 위협도 아내의 마음을 바꿀 수 없다는 도미의 확신에 찬 대답에 대왕 여경은 비웃음을 띤 얼굴로 다음과 같이 말하였다.

"네가 그토록 자신이 있단 말이냐."

여경은 불과 같은 질투의 감정을 느꼈다. 왕국 제일의 미인인 아랑을 빼앗아 궁인으로 만들려는 소유욕보다도 단순하게 확신을 갖고 있는 도미에 대해서 여경은 반감을 느꼈음이었다.

"예로부터 천하의 열녀烈女라 하더라도 지아비가 죽으면 상복을 벗기도 전에 외간 남자를 맞아들이고 죽은 남편의 무덤에서 떼가 마르기도 전에 새 남자를 맞아들이는 것이 상정常情이라 하였다. 그대가 아무리 아내의 정절을 굳게 믿고 있다고는 하지만 만약 그대가 없는 어두운 곳에서 좋은 말로 꾀면 마음이 흔들리지 않는 여인은 없을 것이다. 그대의 부인도 마찬가지일 것이다."

여경의 조롱에 도미가 똑바로 얼굴을 들고 정색하여 말하였다.

"하늘과 땅이 서로 바뀌고 욱리하의 강물이 말라서 강바닥의 돌들이 하늘로 올라가 하늘의 별들이 되는 개벽開闢이 일어난다 하여도 신의 아내는 조금도 마음을 변치 않을 것입니다."

"좋다. 만약 그대의 아내가 마음을 변하여 내게 몸을 허락한다면 그대의 두 눈을 빼어 장님을 만들 것이요, 그대의 말처럼 굳게 아내로서의 정절을 지킨다면 그때에는 크게 상을 내리고 너를 살려줄 것이다."

믿음이 굳지 않으면 큰 사랑이 없으며
　　죽음을　뛰어넘는 정절이 없이는 사랑은 이루어지지 못하니……

다음날, 대왕 여경은 근신인 향실을 먼저 도미의 집으로 보내어 아내인 아랑을 만나도록 하였다. 물론 도미는 궁 안에 가두고 인질로 삼은 채.

여경의 근신 향실은 종자從者를 데리고 말 위에 가득 의복과 보물을 싣고 먼저 도미의 아내인 아랑을 만나러 떠났다. 그는 아랑을 만나서 다음과 같이 말하였다고 사기는 기록하고 있다.

"그대의 남편 도미와 대왕께서는 내기 바둑을 두시어 그대의 남편은 졌다. 그러므로 대왕께서는 그대를 들여 궁인으로 삼으려 하신다. 오늘 밤부터 그대는 도미의 소유가 아니라 대왕의 소유이다."

향실은 아름다운 의복과 온갖 찬란한 금은보화를 말에서 내려 아랑의 집에 부려 놓았다. 향실은 그처럼 호화로운 물건을 본 순간 아랑의 얼굴에 떠오르는 미묘한 마음의 기미를 날카롭게 감지해내었다. 그리고 나서 향실은 다음과 같이 말하였다.

"오늘 밤에 대왕마마께오서는 친히 그대를 만나러 오신다. 대왕마마께오서는 오래 전부터 그대의 아름다움에 대해 소문을 듣고 계셨다."

이에 아랑은 다음과 같이 대답하였다.

"국왕에게는 망령된 말이 없습니다. 그러니 제가 감히 순종치 않겠습니까 國王無妄言 吾敢不順."

국왕의 말에 순종하겠다는 아랑의 말을 들은 순간 향실은 일찍이 자신이 예언하였던 대로 아랑이 마음을 고쳐먹었음을 확신하였다. 아름다운 의복과 값진 보화를 본 순간 아랑의 얼굴에 떠오르는 마음의 설레임을 이미 감지하고 있던 터였으므로 향실은 두말 하지 않고 다만 이렇게 말하였을 뿐이었다.

"오늘 밤 그대가 몸과 마음을 허락하여 대왕마마의 마음을 사로잡을 수만 있다면 그대는 당장 궁 안으로 불려 들어가 궁인이 될 것이다. 궁인이 될 뿐만 아니라 왕비의 위치에 올라 왕국의 국모가 될 수 있을 것이다."

오늘 밤 안으로 대왕 여경이 말을 타고 집으로 오도록 되어 있
으니 미리 몸단장하고 준비하고 있으라고 당부한 다음 향실이
떠나버리자 그 즉시 아랑은 강가로 나아가 머리를 풀고 울었다.

기가 막히고 원통한 일이었다.

혼절한 대왕을 살리기 위해서 새끼손가락을 끊어 생혈을 종
지에 담을 때부터 느꼈던 불길한 예감이 그대로 적중되어 현실
로 나타난 것이었다.

대왕의 청을 거절한다면 대왕은 남편 도미를 죽일 것이다. 그
렇다고 대왕의 청을 받아들여 그의 몸을 받아들인다면 정절을
더럽혀 살아도 이미 죽어버린 육신이 되어버릴 것이다.

어이 할거나.

이 일을 어찌 할거나.

아랑은 맑은 강물에 비친 자신의 얼굴을 바라보면서 울었다.
물이 맑아 투명한 거울과 같은 강물 위에 아랑의 얼굴이 그대로
떠서 비춰 보이고 있었다. 그 얼굴을 들여다보면서 아랑은 한숨
을 쉬면서 울었다.

이리하여도 남편은 죽고 저리하여도 남편은 죽는다. 남편을

살리기 위해서 내가 몸을 더럽혀도 결국에는 마음을 더럽혀 두 사람은 함께 죽는 셈인 것이다.

어이할거나.

이 일을 어찌할거나.

강변에는 갈대들이 웃자라 있었다. 사람의 키를 넘길 만큼 무성히 자란 갈대들은 숲을 이루고 있었는데 그 갈대의 숲을 스치는 바람 소리가 마치 피리 소리처럼 들려오고 있었다. 피리는 원래 '필률篳篥'이라고 불리는 악기였는데 대나무를 꺾어 만든 세細피리를 도미는 직접 만들어 불곤 하였었다. 대나무에 구멍을 일곱 개 뚫어 세로로 하여서 피리를 불 때면 남편 도미는 도저히 이 세상 사람처럼 보이지 않았다. 해질 무렵 강변에 나와서 남편은 피리를 불고 자신은 피리 소리를 들으면서 함께 다정한 시간을 보냈었던 강가에 나와서 아랑은 피를 토하면서 통곡하고 있었다.

어이할거나.

이 일을 어찌할거나.

우리 나라 역사상 가장 아름다운 여인으로 손꼽히고 있는 도미의 부인 아랑은 물 위에 비친 자신의 모습이 이 순간 소름이

끼칠 정도로 저주스러웠을 것이다.

강변에 앉아서 통곡을 하던 아랑은 한 가지의 계략을 생각해 내었다. 아랑에게는 시중을 드는 비자婢子가 하나 있었는데 그 여인은 아랑이 도미에게 시집올 때부터 딸려온 시종侍從이었다. 나이는 어렸지만 이미 숙성한 여인으로서의 자태를 고루 갖추고 있었다. 몸매도 어여쁘고 용모 또한 뛰어난 가인이었다.

아랑은 남의 눈을 피해 그 비자를 데려다가 다음과 같이 말하였다.

"오늘 하룻밤만 네가 내 대신 대왕마마를 모셔다오."

만약 하룻밤만 대왕을 비자로 하여금 대신 아랑 노릇을 하도록 하여 수청들어 모실 수만 있다면 아랑은 몸을 더럽히지 않고서도 남편 도미의 생명을 구할 수 있음이 아닐 것인가.

아랑은 시녀인 비자를 설득시켜서 허락을 받은 다음 그녀를 몸단장시키기 시작하였다. 날이 어두워 밤이 되면 대왕이 직접 남의 눈을 피해 집으로 행차한다 하였으므로 아랑은 서두르기 시작하였다.

비록 지아비가 있는 부인이긴 하였지만 외간 남자와의 초야初夜였으므로 혼례를 치르듯 첫날밤에 어울리는 성장을 해야

했던 것이었다.

특히 첫날밤의 성장으로는 고계운환高髻 雲環이라 하여 머리를 쌍고리로 틀어올리고 많은 비녀와 머리꽂이를 꽂는 머리장식으로 되어 있었다. 비록 마한인으로 천민이긴 하였지만 아랑은 부족장의 딸이었으므로 계급적인 권세와 위풍을 돋우기 위해서 금, 은, 옥으로 만든 귀고리에 대왕이 선물로 보내온 팔찌, 반지까지 끼었다. 그리고 마지막으로 향낭香囊을 속치마에 매어달아 놓았다. 향낭이라 하면 말총으로 짠 주머니 속에 궁노루의 향을 말려서 만든 향로인 사향麝香을 넣은 향주머니로 보통 가장 은밀한 속치마의 깃 사이에 매달아 놓곤 하였었다.

사향 냄새를 맡으면 합환合歡하는 사람을 흥분시킨다 하여서 일종의 최음제催淫劑 역할까지 하고 있었던 것이었다.

그날 밤 대왕 여경은 근신인 향실과 종자 두 사람만 데리고 은밀히 아랑의 집으로 행차하였다. 비자를 자신 역할로 대신하게 하고 아랑은 시종 노릇을 하면서 여경을 맞아들였는데 집 안은 미리 내등 몇 개만 켜두었을 뿐 일부러 바깥의 불들을 꺼두어 어둡게 하였다.

대왕 여경은 등롱燈籠이 켜진 사랑채로 들어가서 미리 기다

렸는데 이윽고 밤이 깊어 자시가 되자 여인이 문을 열고 들어오고 있었다.

꿈에도 자신이 아랑의 계교에 빠져들어 다른 처녀를 곱게 화장시켜서 수청들게 하는 것인지를 상상조차 못하였던 여경은 등롱마저 끈 어둠 속에서 여인의 옷을 벗기기 시작하였다. 비록 불은 꺼버렸지만 창문을 통해 스며들어오는 달빛이 투명하였으므로 여인의 벗은 몸이 선명하게 떠오르고 있었다.

합환은 쌍고리로 틀어올린 머리에서 비녀와 머리꽂이를 뽑아내어 머리를 풀어내리는 것으로부터 시작되었는데 말린 창포菖蒲잎을 우려낸 물에 머리를 감았으므로 창포의 향기가 풀어내린 삼단 같은 머리에서 은근히 풍겨 나오고 있었다.

그 냄새를 맡자, 여경은 승리감에 도취된 기분이었다. 승리감은 곧 정복욕으로 이어져서 여경은 타오르는 정욕으로 터질 것만 같았다.

머리칼을 풀어내리고 옷을 벗기자 곧 알몸이 드러났는데, 향낭에서 풍겨나오는 궁노루의 방향으로 여경은 정신이 혼미할 지경이었다.

남편은 자신의 아내가 죽더라도 마음을 고쳐먹지 않을 것이

라고 굳게 아내의 정절을 믿고 있었다. 그러나 보다시피 그의
아내는 이처럼 어둠 속에서 옷을 벗고 알몸으로 누워 있지 않은
가. 자신이 보내온 온갖 금은으로 된 노리개를 몸에 달고, 자신
이 보내온 아름다운 의복들을 갖추어 입고서 이렇듯 내 몸을 받
아들이고 있지 않은가.

여경은 덫에 걸린 사슴처럼 파들파들 떨고 있는 여인을 잡아
채듯 안가슴에 품어 안으면서 잔인하게 소리내어 말했다.

"네 남편 도미는 네가 죽더라도 마음을 바꿔먹지는 않을 것이
라고 자신 있게 내게 말하였다."

여경은 할딱거리는 여인의 젖가슴을 손으로 움켜쥐면서 끈질
기게 물어 말하였다. 여인의 벌거벗은 몸은 마치 비늘이 돋친
물고기처럼 매끈거리고 있다. 그리하여 잡으려고 손에 힘을 주
면 줄수록 요동을 치면서 손가락 사이를 빠져나가고 있었다. 여
경으로서는 처음 느끼는 육체의 감촉이었다.

"하지만 너는 보다시피 내 앞에서 마음을 고쳐먹고 있음이 아
닐 것이냐."

승리감에 도취된 여경은 음란하게 웃으면서 말하였다.

"네가 남편을 버린 것이 참으로 옳은 일이라는 것을 내가 알

도록 하여주마."

여경이 삼단같이 풀어내려진 여인의 머리카락을 두 손으로 움켜쥐면서 말하였다. 여인은 가늘게 신음소리만 내었을 뿐, 대왕의 그 어떤 말에도, 그 어떤 질문에도 말소리를 내어 대답지 않았다. 여인은 미리 방에 들기 전에 마님인 아랑으로부터 신신당부를 받은 것이었다. 대왕이 무어라고 물어도, 어떤 질문을 하더라도 절대로 말소리를 입 밖으로 내어 대답해서는 안 된다. 그저 시키면 시키는 대로 하고, 물으면 고개를 끄덕이거나 몸짓을 하는 것으로써 대답을 대신해야만 한다. 만약 소리를 내어 대답한다면 그때는 모든 일이 발각나서 너와 나는 다 함께 참형되어 죽게 될 것이다.

대왕 여경도 여인의 침묵을 별스럽게 생각하지 않고 있었다. 다만 수치심과 부끄러움 때문에 입을 다물고 침묵을 지키고 있을 것이라고 좋게 생각하고 있었던 것이었다.

그 어떤 애무에도 여인은 말소리 하나 내지 않았다. 그 어떤 자세에도 여인은 숨소리 하나 흐트러뜨리지 않았다. 그저 파들파들 몸을 떨고만 있을 뿐이었다. 요동치는 여인의 몸은 불덩이처럼 뜨거웠다.

초야의 첫날밤은 꿈처럼 흘러가고 먼 곳에서 새벽닭이 울기 시작하자 문밖을 지키고 있던 향실이가 다가와 문안 인사하면서 기척을 하였다.

"안녕히 주무셨습니까, 마마."

향실의 문안 인사는 새벽닭이 울었으니 곧 먼동이 트고 날이 밝아올 것이므로 그 전에 일어나서 집을 빠져나가야 한다는 암시와 같은 것이었다. 일국의 대왕이긴 하였지만 이러한 잠행潛行은 떳떳치 못한 일이었으므로 남의 눈을 피해야 할 이유가 있었기 때문이었다.

"알겠다."

못내 아쉬운 듯 여경은 대답하고 나서 하룻밤을 함께 보낸 여인을 돌아보면서 말하였다.

"네 남편은 곧 살려보낼 것이다. 그 대신 너로부터 내가 물건 하나를 가져갈 것이다."

대왕 여경은 벗은 몸을 가리고 있는 여인의 몸에서 속치마를 벗겨내었다. 그 속치마의 깃에는 궁노루의 향료를 담은 향주머니가 매어달려 있었다. 여경은 손으로 그 향낭을 잡아채어 뜯어내었다.

"이 향낭은 내가 가져갈 것이다."

먼 곳에서 여전히 닭이 홰를 치면서 울고 있었다. 어쩔 수 없이 일어나며 대왕 여경은 작별 인사를 하였다.

"잘 있거라. 다시는 만나지 못할 것이다."

대왕 일행은 말을 타고 야음夜陰을 틈타서 왕궁으로 들어가 버리고 그들을 무사히 떠나보낸 아랑은 방으로 뛰어들어가 보았다. 시종은 흐트러진 몸매로 벌거벗고 앉아서 울고 있었다. 모르는 남자에게 생명과 같은 처녀를 바쳤다는 허망함으로 슬픔이 북받쳐 올랐을 것이었다.

"수고했다."

아랑은 비자를 끌어안고 말하였다.

"울지 마라. 네가 나를 구해주었다. 네가 아니었더라면 나는 죽을 뻔하였다. 고맙다. 그래 뭐라 하더냐."

"마님."

비자는 울면서 말하였다.

"서방님은 곧 살아서 돌아올 것이라고 말하였나이다."

"잘했다. 그리고 또."

"그 대신 물건 하나를 뜯어서 가져가셨나이다."

"물건이라니."

아랑은 불길한 예감으로 곧 낯빛을 흐리면서 물어 말하였다.

"무슨 물건을 가져갔단 말이냐."

아랑의 질문에 시녀는 대답하였다.

"향주머니를 뜯어서 그것을 가져가셨나이다."

향주머니는 여인들이 가장 깊은 속곳에 매어달고 있는 일종의 미약媚藥이었다. 왕족들이나 귀족들은 딸을 시집보낼 때는 으레 주머니 속에 넣어주곤 하였다. 사향의 냄새는 오랫동안 지속되어서 평생 동안 그 여인의 냄새처럼 인식되게 마련인데 진할 때는 오히려 고약한 인분 냄새처럼 풍기지만 주머니의 끝을 꼭 여며 매어 두면 은은하게 풍겨질 듯 말 듯 하여서 가장 향기로운 방향芳香이 되어버리는 것이었다.

뿐 아니라 사향은 갑자기 빈사상태에 빠진 사람에게 사용되는 비상약이기도 하였으므로 위급할 시에는 남편을 회생시키는 회소약回蘇藥으로까지 쓰여지던 귀중한 물건이었던 것이었다.

그러므로 향낭은 여인의 정조와 같은 것이었다. 어떤 사내가 여인의 향낭을 가지고 있다면 이미 사내는 그 여인의 정절을 가진 것과 같다는 것을 의미하고 있는 것이었다.

"대왕마마께서 향낭을 가져가셨단 말이냐."

"그렇습니다, 마님."

무슨 일일까. 어째서 대왕마마는 향낭을 뜯어 가지고 간 것일까.

아랑은 못내 불길한 예감을 떨쳐버릴 수 없었다. 아랑의 불길한 예감은 그대로 적중되어 향낭 하나가 곧 엄청난 비극을 초래하게 되는 것이었다.

아랑의 집에서 하룻밤을 머물고 돌아온 여경은 그 즉시 도미를 불러들일 것을 명하였다. 죽음조차도 아내의 마음을 바꾸지 못할 것이라고 굳게 믿고 있는 도미의 자존심을 무참히 꺾고 말았다는 승리감으로 대왕 여경은 근신들이 도미를 끌고 오자 묶인 포승을 풀어주라고 말한 다음 의기양양한 목소리로 말하였다.

"그대는 바둑을 두어서 내게 졌다. 다음으로 그대와 나는 그대 처의 정절을 두고 다시 내기를 하였었다. 그대는 죽음이라 할지라도 아내의 마음은 변치 않을 것이라고 확언하였으며 나는 그대의 아내가 아무리 정절이 있다고는 하지만 부귀와 영화를 마다하지 않을 것이며 값진 의복과 금은보화를 보면 마음을 움직일 것이라고 말하였다. 그리하여 만약 그대의 아내가 마음을 변치 않으면 그대에게 큰 상을 내리되 만약에 그대의 아내가 마음을 바꾸어 내게 몸을 허락할 시에는 그대의 두 눈을 뽑아버릴 것이라고 맹약하였었다."

여경은 모깃소리만한 목소리로 말을 이었다.

"지난밤 나는 그대의 집에서 하룻밤 운우雲雨를 즐기고 왔다. 나는 구름이 되었고 그대의 아내는 밤새도록 비가 되었다. 그러므로 또 한 번의 내기에서 그대가 내게 지고 말았음이다. 이제는 약속대로 그대의 두 눈을 빼어 장님으로 만들어버릴 것이다."

《삼국사기》에는 장님이 아니라 눈동자 모자眸子를 빼어버렸다고 기록하고 있다. 대왕의 말을 들은 도미는 고개를 꼿꼿이 쳐들고 대왕을 노려보았다. 그는 이미 생사에 초연해 있었다. 굳이 비겁하게 굴신屈身하여 목숨을 부지하기보다는 차라리 명예롭게 죽을 것을 이미 마음속으로 각오하고 있었던 것이었다. 살아도 이미 죽은 목숨이었으므로 도미로서는 두 번 죽음이 두렵지가 않음이었다.

"대왕마마께오서 신의 아내와 하룻밤 운우지정을 나누었다고는 하지만 내 눈으로 직접 보지 않은 이상 어떻게 그것을 믿을 수 있단 말입니까. 신의 아내는 그러할 리가 없습니다."

그러자 여경은 껄껄 웃으면서 말하였다.

"네놈이 미쳐도 단단히 미쳤구나. 내 말하지 않았더냐. 남편이 죽자마자 아직 무덤에 떼가 마르기도 전에 상중의 소복으로 외간 남자를 맞아들이는 것이 계집이라고 하지 않았더냐."

여경은 손에 들고 있던 향주머니를 도미 앞으로 내어 던지면서 말하였다.

"봐라. 이래도 믿지 못한단 말이냐. 이 향낭이야말로 그대도 모른다고는 하지는 않을 것이다."

도미는 묵묵히 여경이 내어 던진 향낭을 내려다보았다. 갑자기 그의 얼굴이 창백하게 질리기 시작하였다. 창백하게 질리는 도미의 낯빛을 보면서 여경은 호탕하게 웃으면서 말하였다.

"그 향낭이야말로 가장 깊은 속곳에 달려 있던 아내의 향주머니가 아닐 것이냐. 또한 그 향냄새야말로 그대가 지금까지 맡아왔던 아내의 몸 냄새가 아닐 것이냐. 내가 그 향주머니를 갖고 있음은 그대의 아내가 내 앞에서 실오라기 하나 걸치지 않은 알몸이 되었음을 뜻함이 아닐 것이냐."

그때였다.

창백하게 질린 얼굴로 묵묵히 향주머니를 내려다보고 있던 도미가 이번에는 고개를 쳐들고 갑자기 껄껄 소리내어 웃기 시작하였다.

느닷없는 도미의 웃음소리에 여경은 혹시 실성이라도 하였는가, 도미를 노려보았다. 한바탕 웃고 나서 도미가 여경에게 소리쳐 말하였다.

"이제 보니 미친 것은 신이 아니라 대왕마마 그대요."

한바탕 웃음 끝에 터져나온 도미의 말 한마디는 이미 죽음을 각오한 대갈일성이었다. 이를 지켜보던 향실이 나서서 황망히 꾸짖어 말하였다.

"네 이놈, 어느 안전이라고 감히 불경스런 말을 하고 있단 말이냐."

그러자 도미는 다시 향실을 노려보면서 말하였다.

"정신이 나간 미친 사람에게 미쳤다 하는 것이 어찌하여 불경스런 말이라고 나를 꾸짖고 있단 말인가. 대왕마마 그대는 속으셨소. 헛허허 헛허허."

이미 죽음을 각오한 도미는 허공을 쳐다보면서 크게 웃기 시작하였다.

"대왕마마께오서 지난밤 가슴에 품으셨던 여인은 신의 아내가 아닌 다른 여인이오. 다른 여인을 대왕마마께서는 신의 아내로 잘못 알고 합환하였소."

"네놈이."

여경이 깔깔 웃으면서 말을 받았다.

"그런 말을 할 만하다. 기가 막히고 원통하여서 그런 말도 할 만하다."

"천만에요, 대왕마마."

도미는 향주머니를 가리키면서 말하였다.

"이 향주머니는 분명히 신의 아내의 것이오만, 안에 들어 있는 향료는 분명히 사향이 아닌 다른 향료임에 분명하오. 신의 아내가 자신의 향주머니 속에 다른 향료를 집어넣고 대신 다른 여인으로 하여금 이를 몸에 차게 한 후 대왕이 방으로 스며들게 한 것임에 틀림이 없소. 만약 이 향주머니에 아내의 몸에서 맡을 수 있던 사향냄새가 그대로 풍기고 있었다면 나는 대왕마마께오서 신의 아내의 정절을 빼앗았음을 인정하였을 것이오. 하오나 대왕마마, 이 향주머니는 아내의 향주머니이긴 하지만 속의 내용물은 전혀 다른 향료인 것이오. 그러므로 이것은 신의 아내가 차고 있던 향주머니라고 할 수 없소이다."

이미 죽음을 각오한 도미는 거칠 것이 없었다. 그는 껄껄껄 소리를 내어 세 번을 크게 웃었다.

"대왕마마는 속으셨소. 천지신명이라도 아내의 정절을 유린할 수는 없으며 음부陰府에서 온 저승사자라 할지라도 신의 아내의 마음을 바꿀 수는 없을 것이오. 헛허허헛허허."

자신 있는 도미의 장담이었다.

즉시 여경은 어의를 불러들이도록 하였다. 어의가 들어오자 여경은 향주머니를 주어 그 안에 들어 있는 내용물이 과연 무엇인가를 물어보았다. 어의는 주머니를 여민 끈을 풀고 그 안에 들어 있는 향료를 자세히 검사하기 시작하였다. 사향은 원래 피낭皮囊으로 이루어져 있는데 잘라서 건조시키면 자갈색의 분말로 굳어지게 되어 있었다. 때로는 당문자當門子라 하여 분말이 아닌 알갱이들도 섞여 있게 마련이었다.

어의가 그 안의 내용물을 검사하는 동안 여경은 마음이 조마조마하였다. 도미의 말이 사실이라면 여경은 도미의 아내인 아랑을 품고 하룻밤을 보낸 것이 아니라 속아서 다른 여인과 하룻밤을 보낸 것이었다. 그제야 여경은 도미의 집으로 들어설 때부터 모든 외등은 꺼져 있었고, 방 안에 있는 등불도 희미하여 사람의 얼굴을 알아볼 수 없을 만큼 어둡고 캄캄하였음을 기억해 내었다. 뿐 아니라 그 어떤 질문에도 그 어떤 애무나 그 어떤 자세에도 말소리 하나 내지 않던 여인의 침묵한 이유를 미뤄 짐작할 수 있음이었다.

여경은 분기憤氣가 탱천撑天하였다.

"어찌 되었느냐."

여경은 어의를 재촉하며 말하였다. 그러자 어의는 황공한 모습으로 몸을 떨면서 말하였다.

"아뢰옵기 황공하오나, 대왕마마 이 향주머니 속에 들어 있는 향료는 궁노루의 향낭에서 나온 사향이 아닌 것이 분명하나이다."

"그러면 무엇이란 말이냐."

여경은 물어 말하였다.

"이 향료는 수놈 사향노루의 배꼽에서 나온 사향이 아니라 고양이의 몸에서 나온 향료이나이다. 모양과 냄새가 마치 사향노루에서 나온 분비물과 같게 보이지만 실은 다른 물건이나이다. 이는 쥐나 도마뱀 등을 먹고 사는 고양이의 회음부會陰部에 취

액臭液을 분비하는 샘이 있는데 그 취선臭腺에서 나오는 분비물을 모아 건조시켜 만든 분말가루이나이다. 다만 냄새만 있을 뿐 그 향료에는 약효가 전혀 없는 고양이의 몸에서 나오는 분비물에 불과할 따름이나이다, 대왕마마."

전후 사정을 알 수 없는 어의는 두려움에 몸을 떨면서 조목조목 설명하며 말하였다.

자세한 어의의 설명을 듣고 나자 여경은 모든 사실을 확연히 깨닫게 되었다.

속았다.

여경은 이를 갈면서 생각하였다.

그 하찮은 마족 계집년에게 멋지게 속아 당하고 말았다.

순간 무릎꿇고 앉아 있던 도미가 다시 허공을 쳐다보면서 소리내어 웃으며 말하였다.

"대왕마마께서는 내기에서 지고 마셨소. 대왕마마는 신에게 분명히 약속하시었소. 신의 아내가 마음을 바꿔서 몸을 허락한다면 내 눈을 뽑아 소경을 만들 것이며 만약에 신의 아내가 마음을 바꾸지 않을 시에는 후한 상을 내려서 나를 살려 돌려보내시리라 말씀하시었소. 헛허허, 헛허허."

크게 웃으면서 도미가 말하였다.

"보다시피 신의 아내는 마음을 바꾸지 않았으며 대왕은 내기에서 지셨소. 그러하니 약속대로 나를 풀어주시오."

당당하게 요구하는 도미의 말에 여경은 소리쳐 대답하였다.

"이놈아, 아직 내기가 끝난 것은 아니다."

여경의 얼굴은 분노로 뒤틀리고 있었다. 수염이 눈에 띌 정도로 떨리고 있었으며 얼굴은 대춧빛으로 붉게 상기되어 있었다.

"이놈아, 향주머니 속에 들어 있는 향료가 사향이면 어쩌고, 고양이의 분비물이면 어떠하단 말이냐. 그것이 네 아내의 정조와 도대체 어떤 연관이 있더란 말이냐. 향주머니가 네 계집의 음부라도 된단 말이냐."

여경의 말은 비록 억지이긴 하였지만 나름대로 의미 있는 말이기도 하였다.

"좋다."

여경이 이를 악물고 말하였다.

"향주머니가 아닌 무엇을 가져오면 네가 믿을 것이냐. 네 계집의 젖가슴을 칼로 도려오면 이를 믿을 것이냐, 아니면 네 계집의 음부를 베어내어 그것을 가져오면 네가 믿을 것이냐."

"대왕마마."

도미의 입에서 피와 같은 목소리가 터져 흘렀다.

"대왕마마께오서 신의 아내의 목을 베어 온다고 하더라도 그
것은 아내의 마음을 가져온 것은 아니오니 신은 그를 믿지 못하
겠나이다. 신은 알고 있나이다, 대왕마마. 일월성신이 하늘에서
떨어져 아리수 강바닥의 돌이 되고 강바닥의 돌이 하늘로 올라
가 별들이 된다 할지라도 그 무엇도 아내의 마음을 바꾸지 못할
것이나이다."

이미 죽음을 각오한 도미의 대답은 참으로 무서운 믿음이 아
닐 수 없었다.

믿음이 굳지 않으면 큰 사랑이 없으며 죽음을 뛰어넘는 정절
이 없이는 사랑은 이루어지지 못하는 법이다. 세월이 흘러가서
말대末代의 세월이 온다고 하여도 이 진리는 결코 변하지 않을
것이다.

실제로 도미와 그의 아내 아랑이 죽은 지 천년의 세월이 흘러
가버린 1797년 조선조의 정조 21년, 정조대왕은 왕명으로 이병
모李秉模 등에게 《오륜행실도五倫行實圖》를 편찬토록 한다.

이 책은 '삼강행실도'와 '오륜행실도'로 나뉘어 있는데 제3

권인 열녀烈女편에서 도미와 그의 아내인 아랑의 부부로서의
무서운 사랑 이야기가 '미처해도彌妻偕逃'라는 제목으로 실려
있다. 이 책에는 우리 나라 사람으로는 효자가 4명, 중신이 6명,
열녀 5명만이 실려 있는데 그중의 으뜸으로 이들 부부의 사랑
이야기가 실려 있음인 것이다.

도미의 대답에 여경은 크게 노하였다고 사기는 기록하고 있다.

"좋다. 아직 내기가 끝난 것은 아니다."

여경은 이를 악물고 다짐하였다.

"만약 그대의 아내가 마음을 변치 않는다면 그대를 살려 보내
겠지만 만약 그대의 아내가 마음을 바꾸어 나와 상관한다면 그
때는 그대를 목매어 죽일 것이다."

배에 실려 떠나는 남편 도미를 한 번만이라도 볼 수 있다면……

그 다음날.

대왕의 근신인 향실은 종자를 데리고 아름다운 의복과 값진 보화를 가득 말 위에 싣고 나서 다시 도미의 집으로 찾아갔다. 이들을 아랑이 맞아들였는데 향실은 아랑에게 다음과 같이 말하였다.

"대왕마마께오서 그대를 한 번 만난 뒤부터 그대를 잊지 못하신다. 한 번만 더 대왕마마께오서 그대의 침소에 들기를 원하신다."

이에 아랑은 얼굴의 표정을 바꾸지 않고서 침착하게 다음과 같이 대답하였다고 《삼국사기》는 기록하고 있다.

"국왕에게는 망령된 말이 있을 수 없습니다. 그러하니 제가 어찌 순종하지 않을 수 있겠습니까國王無妄言 吾敢不順."

밤이 깊어 어둠이 내리면 대왕이 또다시 집으로 행차할 것이니 이를 맞을 준비를 하고 있으라는 말을 남기고서 향실이 떠나버리자 그 길로 아랑은 석양빛이 물드는 강변에 나아가 머리를 풀어 헤치고서 목놓아 울기 시작하였다.

어이할까.

아아, 이를 어찌할 것인가.

그날 밤, 어둠이 내리고 밤이 깊자, 먼젓번처럼 여경은 근신 향실과 위군병 서너 명을 데리고 도미의 집으로 행차하였다. 대왕께서 온다는 전갈을 미리 받아두고 있었으므로 바깥의 불은 꺼져 있었고 방 안의 불도 등롱 하나만 켜두었을 뿐이었다.

여경은 침전에 들어가 아랑을 기다리기로 하였는데 그는 옷소매 속에 미리 날카로운 단도를 한 쌍 준비해두고 있었다.

만약에 여인이 들어와 합환할 무렵 장등을 켜서 불을 밝힌 후 도미가 말하였던 대로 벌거벗고 있는 여인이 도미의 아내인 아랑이 아님이 밝혀졌을 때는 그 즉시 여인의 가슴을 찔러 참형慘刑에 처해 죽여버릴 것을 결심하고 있었기 때문이었다.

여경의 마음은 긴장감에 휩싸이고 있었다. 여경이 침전에 든지 반각半刻이 지났을 무렵 방문이 열리고 성장을 한 여인이 들어왔다. 미리 합환주라 하여 따로 봐둔 술상에서 연거푸 술을 마신 탓으로 여경은 취기가 돌아 있었다. 여경은 들어온 여인에게 술잔을 건네어 마시도록 하였는데 여인은 술잔을 받으면서도 결코 얼굴을 들지 아니하였다. 여경은 날카롭게 술잔을 받는 여인의 손가락을 살펴보았다. 일전에 여경은 사냥을 나왔다가 말에서 떨어져 기함하였었는데 도미의 아내인 아랑이 단지하여 흘린 생혈을 마시고 소생하였으므로 마땅히 술을 마시는 여인이 아랑임에 틀림이 없다면 새끼손가락의 매듭이 끊겨져 있을 것이 분명하기 때문이었다.

그러나 있었다.

떨리는 손으로 잔을 받아 들어 술을 마시는 여인의 새끼손가락은 그대로 온전하였다.

순간 여경은 그대로 옷소매 속에 감춰두었던 비수를 꺼내들어 여인을 그 자리에서 찔러 죽이고 싶었지만 끓어오르는 분노를 억지로 자제하면서 여경은 부드럽게 입을 열어 말하였다.

"그대와 헤어지고 나서 한시도 그대를 잊어본 적이 없었다."

여경은 짐짓 욕정에 불타는 목소리로 여인을 끌어당겨 품안에 안으면서 등롱의 불을 꺼버렸다. 여전히 여인은 벙어리처럼 대왕 여경의 그 어떤 질문에도, 그 어떤 말에도 일체의 반응을 보이지 않으면서 묵묵하게 있을 뿐이었다.

'두고 보자, 네 이년.'

여경은 이를 갈면서 쌍고리로 들어올린 여인의 머리에서 비녀를 뽑아내렸다.

머리꽂이를 벗기고 비녀를 뽑아내리자 들어올린 머리카락이 삼단처럼 풀어내려졌다. 여인은 겉옷으로 맞섶으로 된 두루마기를 입고 있었다. 화려한 빛깔의 무늬로 수놓아진 허리띠의 끈을 끌러 겉옷을 벗겨내린 후, 여경은 익숙하게 여인의 저고리 고름을 풀어내리기 시작하였다. 여전히 두려움과 부끄러움으로 여인의 몸이 딱딱하게 굳어져 있었지만 일단 한 번이라도 몸을 섞은 사람에 대한 설렘으로 여인의 몸에서는 단감이 익어가는 듯한 육향肉香이 피어오르고 있었다. 여인의 몸에서 흐르는 미묘한 육체의 감각을 감지해낸 여경은 더욱더 잔인한 방법으로 여인의 치마를 벗겨내리고 여인의 몸을 알몸으로 만들어버렸다. 비록 하늘과 같은 대왕이며 자신은 비천하고도 천박한 비녀

婢女인 계집종이었지만 성은聖恩을 입어 하룻밤을 함께 보내어 자신의 처녀를 바친 첫남자이기도 하였으므로 여인의 몸은 애 끓는 감정으로 불타오르고 있었다. 이러한 여인의 감정을 낱낱 이 헤아리고 있던 여경은 비늘 돋친 물고기처럼 파닥이는 여인 을 가슴으로 품으면서 다음과 같이 말하였다.

"처음에는 네 남편을 살려주고 다시는 너를 찾지 않으려고 하 였다. 그러나 도저히 그럴 수는 없다. 너를 궁 안으로 데려다가 궁인으로 만들 것이다. 그러기 위해서는 네 남편을 죽일 수밖에 없다."

순간 여인의 몸이 충격으로 움칠거리는 것을 여경은 느꼈다. 애써 그 충격을 무시하듯 여경은 말을 이어 내려갔다.

"너도 이렇게 된 이상 네 남편보다는 나와 함께 궁 안에서 호 의호식하면서 호화롭게 사는 것이 훨씬 좋을 것이 아니겠느냐."

여경은 여인의 젖가슴을 어루만지면서 물어 말하였다.

"어찌하면 좋겠느냐. 나와 함께 살기 위해 네 남편을 죽일 것 이냐. 아니면 이미 더럽혀진 몸으로 네 남편과 다시 아무런 일 이 없었던 것처럼 살 것이냐."

여인은 아무런 대답 없이 할딱거리면서 가쁜 숨만 몰아쉬고 있을 뿐이었다.

"어찌하여 대답이 없단 말이냐."

갑자기 여경이 몸을 일으켜서 큰소리로 말하였다.

"네가 내 말을 무시함이냐, 아니면 그대가 말 못하는 아자啞
者라도 되었다는 말이냐."

아자라면 벙어리를 가리키는 옛말. 추상과 같은 대왕의 고함
소리에도 여인은 몸을 떨고 있을 뿐 아무런 대답소리도 내지 못
하였다.

그러자 여경은 몸을 일으키면서 말하였다.

"방 안의 불을 밝히도록 하여라."

여인이 등롱의 불을 밝히자 여경은 호통을 치면서 말하였다.

"네가 누구냐."

여인은 밝힌 불빛으로부터 몸을 돌려 얼굴을 가릴 뿐 아무런 대
답도 하지 않고 있었다.

"네가 누구냐고 내가 묻지 않았느냐."

여경은 당장에 이부자리를 걷어차면서 일어나 삼단과 같은
여인의 머리카락을 한 손으로 움켜쥐었다. 당연히 비명이라도
질렀을 여인은 그러나 아무런 신음소리도 내지 않았다. 여경은

머리칼을 움켜쥐고 여인의 얼굴을 등롱 가까이 끌고 가져갔다. 등불에 데일 만큼 가까이 얼굴을 가져가 긴 머리카락을 헤치자 여인의 얼굴이 적나라하게 드러나 보였다.

과연 아니었다.

여인의 얼굴은 생각했던 대로 도미의 아내인 아랑의 얼굴이 아니었다.

"네가 누구냐."

여경이 씹어뱉듯이 말하였다. 여인의 얼굴에서는 눈물이 굴러 떨어지고 있었다. 그러나 흐느낌소리는 입 밖으로 새어나오지 않고 있었다.

"내 묻는 말을 듣지 못하였느냐. 네가 도대체 누구냐고 내 묻고 있지 않느냐."

여경은 옷소매 속에서 감춰두었던 단도를 꺼내어 그것을 여인의 얼굴에 가까이 들이대고 말하였다.

"대답하지 않으면 단숨에 너를 죽일 것이다."

여인은 공포에 질려 있었지만 여전히 입을 굳게 다물고 있었다. 순간 분노를 간신히 자제하고 있던 여경은 한꺼번에 분노를 폭발하면서 고함쳐 말하였다.

"일어나라. 일어서서 네 몸을 불빛에 비춰 보아라."

그러자 여인은 몸을 떨면서 일어서서 불 가까이 섰다. 실오라기 하나 걸치지 않은 여인의 알몸이 그대로 드러나 보였다. 아름다운 몸매였지만 그 타오르는 듯한 젖가슴과, 그 가슴 위에 내리꽂힌 꽃열매와 같은 처녀의 유두乳頭는 여경의 가슴속에 속았다는 분노를 더욱 강렬하게 자극하였다.

순간 여경은 살의를 느꼈다.

그는 비명을 지르면서 단도를 들어 여인의 가슴을 내리찍었다. 여인은 나무토막처럼 무너졌으며 금침衾枕 위로 붉은 피가 솟구쳐 튀어 적시고 있었다.

단칼에 비자를 찔러 죽인 여경은 그대로 문을 박차고 튀어나와 소리쳐 말하였다.

"여봐라, 게 누구 없느냐."

무장을 한 위병들과 근신인 향실이가 황급히 달려왔는데 그들은 방 안에서 일어난 살벌한 풍경을 보고 혼비백산하였다. 여경은 즉시 아랑을 끌고 오라고 하였는데 아랑은 미리 이러한 결과가 일어날 것을 예견하고 있었던 듯 선선히 끌려왔다.

아랑이 끌려오자 여경은 분노와 비웃음이 뒤범벅된 얼굴로 꾸짖어 말하였다.

"네가 감히 대왕인 나를 속일 수 있단 말이냐. 네가 감히 대왕인 나를 한 번도 아니고 두 번씩이나 속일 수 있다고 믿었단 말이냐."

"대왕마마."

아랑이 당황한 기색 없이 침착한 목소리로 입을 열어 말하였다.

"일찍이 후한後漢의 광무제光武帝께서는 누님인 호양 공주湖陽公主가 과부가 되었을 때 누님에게 마땅한 사람이 있으면 혼인시킬 생각으로 누님의 의향을 물어보았습니다. 이에 호양 공주는 다음과 같이 대답하였습니다. '송홍宋弘 같은 사람이라면 남편으로 우러러보고 살아갈 수 있겠습니다. 하지만 그가 아니라면 시집갈 생각이 없습니다.' 공주는 송홍이 아니면 시집을 가지 않겠다는 뜻을 밝힌 것입니다. 송홍은 중후하고 정직하기로 널리 알려진 사람으로 광무제가 즉위한 이듬해에 대사공大司空이란 대신의 지위에 오른 사람이었습니다. 공주의 마음속을 알게 된 광무제는 다음과 같이 약속하였습니다. '누님의 마음을 잘 알았습니다. 그럼 제가 한번 힘을 써보겠습니다.' 마침 송홍이 공무로 편전便殿에 들어오자 공주를 병풍 뒤에 숨겨 두고 송홍과 자신의 대화를 엿듣게 하였습니다. 이런 저런 얘기를 하다가 광무제는 송홍에게 '속담에 이르기를 지위가 높아지면 친구를 바꾸고 집이 부유해지면 아내를 바꾼다고 하는데, 그럴 수 있는 것인지요' 라고 넌지시 말을 건네었습니다."

비록 대왕의 앞이었으나 아랑은 조목조목 사리가 분명하게 말하고 있었다.

"광무제의 말을 들은 송홍은 '신은 가난하고 천했을 때의 친구는 잊어서는 안 되고, 지게미와 쌀겨를 함께 먹으며 고생을 함께한 아내는 집에서 내보내지 않는다고 들었습니다臣聞 貧賤 之交不可忘 糟糠之妻不下堂' 라고 대답하였습니다."

아랑은 말을 이어 내려갔다.

"이 말을 들은 광무제는 송홍이 물러가자 병풍 뒤에 숨어서 이 모든 얘기를 엿듣고 있던 누님에게 '저 사람을 마음에 두지 마십시오. 일이 틀려진 것 같습니다' 라고 말했습니다."

말을 끝마친 아랑은 얼굴을 들어 여경을 우러르면서 말을 이어갔다.

"대왕마마, 도미는 제 남편이며 저 또한 도미의 아내이나이다. 저희들은 지게미와 쌀겨를 먹으면서 고생을 함께 나눈 하늘이 맺어준 부부입니다. 그러므로 대왕마마께서 제게 남편을 버리고 마음을 바꾸어 두 사람의 지아비를 섬기라 이르시니 어찌 제가 이를 받아들일 수 있겠나이까."

아랑의 말은 당당하고 거침이 없었다. 대왕 여경도 아랑이 말하고자 하는 요지가 무엇인가를 잘 알고 있었다. 아랑의 말은 《후한서後漢書》의 송홍전宋弘傳에 나오는 고사였던 것이었다. 그러나 쉽게 물러설 여경이 아니었다. 여경은 껄껄 소리내어 웃으면서 다시 말하였다.

"그대가 아무리 교묘한 말로 변설을 한다고는 하지만 군주를 속인 대죄는 벗어날 수 없을 것이다. 일찍이 한비자韓非子는 세난편說難篇에서 용龍을 들어 군주의 노여움을 설파하고 있다. 용은 순한 짐승이다. 길들이면 타고 다닐 수도 있을 정도이다. 그러나 그 턱밑에는 지름이 한 자쯤 되는 거꾸로 붙은 비늘이 하나 있다. 만약 이것에 손을 대는 자가 있으면 용은 반드시 그 사람을 찔러 죽이고 만다. 임금인 군주에게도 바로 그 거꾸로 붙은 비늘이 있는 것이다."

여경이 말하는 거꾸로 붙은 비늘, 이를 한비자는 역린逆鱗이라고 부르고 있었던 것이다.

"그대는 용의 턱에 거꾸로 붙은 비늘 즉 역린에 손을 대어 군주의 비위를 거슬렀다. 이는 그 어떤 말로도 용서받을 수 없는 대죄를 저지른 것이다."

용龍은 불가사의한 힘을 지니고 있는 상상의 동물로 알려져 있다. 봉황鳳凰, 기린麟, 거북龜과 함께 네 가지의 신령한 동물로 일컬어지고 있는데 그중 용은 비늘이 있는 동물의 수장으로 알려져 있으며 능히 구름을 일으키며 비를 부를 수 있는 힘을 지니고 있는데 흔히 군주로 비유되고 있는 동물이었던 것이다. 그 용의 턱에 있는 거꾸로 붙은 비늘을 건드렸으니 반드시 그 사람을 찔러 죽여야만 용, 즉 군주의 노여움이 풀릴 수 있음을 여경은 비유하고 있었던 것이었다.

아랑의 말을 되받아치고 나서 여경은 다음과 같이 말하였다.

"그대가 나를 한 번만 속였다면 나는 그대의 남편인 도미의 눈동자를 빼어 소경을 만들었을 것이다. 그러나 그대가 나를 한 번이 아니라 두 번이나 속였으니 그대의 남편인 도미의 눈동자를 빼어 소경을 만드는 한편, 그를 참형시켜 죽여버릴 것이다."

"어찌하여 대왕마마."

피를 토하는 목소리로 아랑이 말하였다.

"제 목을 베지 아니하고 남편의 목을 베려 하십니까. 제 눈을 뽑아 소경을 만들고 제 목을 베어 참하지 않으시나이까. 대왕마마를 속인 것은 남편이 아니라 소저가 아니나이까."

"물론."

껄껄 웃으면서 여경이 말하였다.

"속인 것은 그대의 남편인 도미가 아니다. 그대였음이 분명하다. 그러나 처음부터 그대의 정절을 두고 내기를 건 사람은 그대가 아닌 남편 도미가 아니겠느냐. 그러므로 그대의 몸에는 손 하나 까딱하지 않을 것이다. 대신 그대가 나를 두 번이나 속였으니 도미의 두 눈을 빼어 소경으로 만들고 그 길로 참수하여 죽일 것이다."

의기양양한 목소리로 대왕 여경이 말하였다. 그의 얼굴은 잔인한 복수심으로 불타고 있었다. 그는 아랑의 정절을 탐하는 욕심보다는 두 사람의 금슬琴瑟에 대한 질투심으로 가학加虐함으로써 고통에 신음하고 괴로워하는 두 사람의 모습을 보면서 즐기는 것 같은 잔혹한 취미에 빠져들어 있음이었다. 이미 자신의 죽음을 각오하고 있었으나, 그것이 자신에 대한 형벌이 아니라 남편 도미에 대한 형벌이 되었으므로 애써 평정을 유지하던 아랑의 얼굴에는 형언할 수 없는 슬픔이 깃들고 있었다. 아랑은 몸부림치면서 입을 열어 말하였다.

"대왕마마, 만약에 소저가 마음을 바꾸어 대왕마마께 몸을 허락한다 하여도 남편의 목을 베시겠습니까."

그러자 여경은 냉정하게 대답하였다.

"만약 그대가 마음을 바꾸어 내게 몸을 허락하여 서로 상관하게 된다면 그때는 도미의 목을 베지 아니하고 목숨은 살려줄 수 있을 것이다. 그러나 이미 서로 내기를 하여 약속을 하였으니 목숨은 살려주는 대신 눈동자를 빼어 소경을 만들어버림은 면치 못할 것이다."

실로 무서운 군주의 노여움이 아닐 수 없었다. 자신이 죽고 사는 문제가 아니라 남편의 생명이 죽고 사는 생사의 문제가 자신의 선택에 걸린 셈이었으므로 아랑은 몸부림치면서 괴로워하였다. 비록 군주의 말대로 두 눈동자를 빼어 소경이 되는 것은 이미 면치 못하게 되었다 하더라도 자신이 마음을 바꿈으로써 남편의 생명만은 살릴 수 있게 된다는 막다른 벼랑 끝이었으므로 아랑은 고민 끝에 마침내 대답하였다. 이 대답이《삼국사기》에 다음과 같이 기록되어 있다.

"결국 지금 제가 남편을 잃어버리게 되었으니 단독일신單獨
一身으로 혼자서 살아갈 수는 없게 되었습니다. 더구나 미천한
몸으로 대왕을 모시게 되었으니 감히 어찌 어김이 있겠습니까.
그러나 지금은 월경으로 온몸이 더러우니 다른 날 깨끗이 목욕
하고 대왕을 모시겠나이다 今良人已失 單獨一身 不能自持 況爲王
御 豈敢相違今以月經 渾身汗穢 請俟他日 薰浴以後來."

이 말을 들은 대왕 여경은 이미 두 번이나 속았지만 이번에도
아랑을 믿고 허락하였다고 사기는 전하고 있다. 그도 그럴 것이
여인들의 생리현상인 월경, 즉 달거리는 부정한 것으로 이 기간
중에 교접을 하면 재앙을 얻어 화를 입게 된다는 속설이 전해 내
려오고 있었기 때문이었다. 일단 대왕의 마음을 사로잡고 나서
아랑은 다음과 같이 말하였다.

"이미 마음을 바꾸어 대왕께 마음을 바치게 되었으니 어찌 이
부종사二夫從事하리오까마는 아직까지는 소저의 남편이니 묻겠
습니다, 대왕마마. 남편 도미의 두 눈동자를 빼어 소경을 만드
신 후에는 그를 어찌하시렵니까."

"내가 알 바가 아니다."

여경은 차갑게 대답하였다.

"그대가 내게 마음을 허락하였으므로 약속한 대로 목숨은 살려주겠거니와 그 다음은 내가 알 바가 아니다. 지팡이를 하나 쥐어주어 궁 밖으로 쫓아내버릴 것이다. 운이 좋으면 좋은 사람 만나서 밥술을 얻어먹으면서 연명해 나갈지도 모르지만 그대로 승냥이나 늑대에게 살점을 뜯겨 잡아먹히게 될지도 모르는 일이지. 저자를 돌아다니면서 동냥질을 하며 먹고 살지도 모르는 일이고, 잘하면 앞 못 보는 복자卜者로서 점쟁이가 될지도 모르는 일이 아닌가."

기가 막힌 대왕의 말을 들은 아랑은 다음과 같이 말하였다.

"대왕마마, 우리 마족인들은 사람이 죽으면 작은 배에 실어서 물 위에 띄워 보내는 풍습이 있습니다. 남편 도미가 비록 목숨을 잃어 죽은 시체는 아니라 할지라도 앞 못 보는 소경이 되어 이미 죽어 있는 목숨과 다름없으니 그를 배에 실어 띄워 보내는 것이 어떨까 하고 생각하나이다."

마한인들은 백제인들과는 달리 사람이 죽으면 시체를 지상에 노출시켜 자연히 소멸시키는 풍장風葬을 장례방법으로 널리 사용하고 있었다. 물론 부족장들이나 토장들은 백제인들처럼 죽으면 땅속에 파묻혀 매장되었지만 일반 토인들은 죽으면 시체를 나무 위나 바위 위에 늘어놓아 새들이 살점을 뜯어먹게 하며 비와 바람에 부패되어 흙으로 돌아가게 하는 토속적인 풍장을 사용하거나 아니면 시체를 작은 배 위에 실어서 강물에 띄워 보내면 물 속에 가라앉거나 물 흘러가는 대로 따라가다가 어느 깊은 계곡의 기슭에 닿아서 그곳에서 풍화작용으로 자연 소멸되어버리는 수장水葬방법을 사용하고 있던 것이다.

아랑의 말을 들은 여경은 그것이야말로 가장 좋은 방법이라고 생각하였다. 비록 비천한 마족인이라 하더라도 엄연히 살아 있는 남의 부인을 가로채서 자신의 여인으로 삼고 있는 마당에 그의 남편을 앞 못 보는 소경으로 만들어 저잣거리를 함부로 헤매고 다니게 하기보다는 배에 실어 강물에 띄워서 먼 곳으로 떠나보내면 그것이야말로 약속대로 도미를 자신의 손으로 직접 죽이지 않으면서도 죽음과 다름없는 망각의 세계 저편으로 떠나보내는 일석이조의 방법이 아닐 것인가.

대왕이 쾌히 이를 승낙하자 아랑은 마지막으로 다음과 같이 말하였다고 전해지고 있다.

"그러하시오면 대왕마마, 배에 실려 떠나는 남편 도미를 제 눈으로 한 번만이라도 볼 수 있도록 이를 허락하여 주십시오,

마마. 가까이 다가가 말을 하거나 작별의 인사는 나누지 아니하더라도 먼발치에서 다만 배에 실려 떠나는 남편의 모습을 바라만 보도록 이를 허락하여 주십시오. 이로써 남편 도미를 제 마음에서 완전히 떠나보내겠나이다. 남편을 배에 실어 죽은 사람으로 떠나보내버리면 제 마음에는 그 어디에도 남편의 그림자가 남아 있지 않고 깨끗이 사라져버리지 않겠나이까."

아랑의 마지막 호소는 여경의 마음을 움직였다. 남편 도미의 모습을 한 번 더 아랑으로 하여금 비록 먼발치에서나마 바라보도록 허락하는 것이 마음에 찔리긴 하였지만, 그러한 모습을 보게 함으로써 마음속에 앙금처럼 남아 있는 사내의 그림자를 완전히 지우고 새사람으로서 자신을 맞아들이겠다는 아랑의 제안을 마다할 이유가 없음이었다. 그보다도 울며 호소하는 아랑의 모습이야말로 아름다웠다. 아랑이 우리 나라의 사기에서 전하는 최고의 아름다운 여인으로 기록에도 남아 있을 정도이니 그 아름다움이야 일러 무엇하겠는가. 《삼국사기》에는 도미의 부인 아랑이, 《삼국유사》에는 수로부인水路夫人이 대표적인 미인으로 기록되어 있다. 재미 있는 것은 두 사람 다 이미 결혼한 남의 부인이라는 점으로 수로부인의 아름다움은 바닷속의 용龍들도 욕심을 낼 만하여 그녀를 바닷속으로 끌고 들어갈 정도라고《삼국유사》는 다음과 같이 수로부인을 표현하고 있다.

"수로부인의 용모는 너무나 아름다워 세상에서 뛰어난 깊은 산이나 큰 물을 지날 때마나 여러 차례 신물神物들에게 붙들리곤 하였다."

이 지상에서 감히 볼 수 없는 아름다움은 그대로 하나의 재앙이 되어버린다. 왜냐하면 그 아름다움은 인간의 몫이 아니라 신들의 몫이 되어 그들이 서로 질투하므로.

일찍이 중국 송宋나라의 대시인이었던 소동파蘇東坡(1036~1101)는 어느 날 항주抗州와 양주楊州의 지방장관으로 나갔다가 우연히 절간에서 기막힌 미인을 발견한다. 이미 나이가 삼십 살이 넘어 있었지만 몸에서 비늘이 떨어질 만큼 아름다운 그 여인은 삭발을 한 여승女僧. 소동파는 그 여승의 아리따웠을 소녀시절을 상상하면서 박명가인薄命佳人이란 칠언율시七言律詩를 짓는다.

두 뺨엔 굳은 젖, 머리털엔 옻을 발랐는데 눈빛은 발로 들어와 구슬처럼 또렷하구나.

원래 흰 깁으로 선녀의 옷을 만들고 붉은 연지로 타고난 바탕을 더럽히지 못한다.

오나라 말소리는 귀엽고 부드러워 아직 어린데 한없는 인간의 근심은 전혀 알지 못한다.

예로부터 미인은 대부분 박명이라지만 문을 닫고 봄이 다하면 버들꽃도 지고 말겠다.

雙頰凝酥髮抹淺 目民光入簾珠的白樂

故將白練作仙衣 不許紅膏汗天質

吳音嬌帶兒痴 無限間愁總未知

自古佳人多薄命 閉門春盡楊花落

사기에 기록될 만큼 아름다운 천년 전의 여인 아랑. 이 절세의 미인의 눈에서 흘러내리는 눈물이야말로 아름다움을 더한 향기가 아닐 것인가. 잔인무도한 여경이라 할지라도 아랑의 눈물에는 속수무책이었을 것이다.

대왕 여경은 아랑과의 약속을 굳게 지켜서 이를 실행에 옮겼다고 전해지고 있다.

사기에는 다만 다음과 같이 간략하게 기록하고 있을 뿐이다.

"……후에 대왕이 속은 것을 알고 크게 노하여 도미를 죄로 얽어 두 눈동자를 빼고 사람을 시켜 끌어내어 작은 배에 싣고 물 위에 띄워 보내었다王後知見斯 大怒 誣都 彌以罪瞳其兩眸子 使人牽出之置小船泛之河上."

눈동자를 빼어 소경을 만들었다 함은 끝이 날카로운 바늘과 같은 물건으로 눈동자인 모자眸子만을 찔러 홍채虹彩를 쏟아지 게 함으로써 눈이 멀게 하는 것인데, 예부터 죄인들에게 벌을 줄 때에 항용 사용되는 방법 중의 하나였던 것이었다.

눈동자를 뽑힌 도미는 그대로 사람들에게 끌려서 아리수의 강변으로 나아갔다. 이미 도미의 부인 아랑은 갈대숲에 숨어서 이제나저제나 군사들에게 이끌려 남편이 오기만을 기다리고 있 었다. 아랑은 흰 상복을 입고 있었으며, 머리카락을 풀어내리고 있었다.

해질 무렵의 석양이었다.

마침내 약속대로 도미는 군사들에게 이끌려 강변에 나타났는 데, 이를 갈대숲에 숨어서 지켜보고 있는 아랑은 너무나 기막히 고 슬퍼서 그대로 까무러칠 것만 같았다. 남편 도미는 살아 있는 사람이 아니라 이미 죽어 있는 사람의 형상이었다. 머리카락과 수염이 자라서 온 얼굴을 덮고 있었고, 눈동자가 뽑히어 앞이 보이지 않았으므로 양 옆에서 사람들이 부축하고 있었지만 두 손을 허우적거리고 있었다.

"서방님."

입 밖으로 터져나오려는 통곡을 자제하느라고 아랑은 입술을 굳게 깨물고 있었다.

도미를 실을 배는 미리 준비되어 있었다. 문자 그대로 일엽편주一葉片舟였다. 사람을 태우는 배가 아니라, 오직 죽은 사람만을 실어서 강물에 띄워 떠나 보내는 수장용水葬用 배였으므로 사람의 크기만 한 목관木棺에 불과하였던 것이었다. 온몸을 결박하여 꽁꽁 묶은 다음, 그들은 도미를 배 위에 앉혔다.

그리고 나서 군사들은 도미를 실은 배를 강 속 깊숙이 끌고 들어가 그대로 강물에 실려서 떠내려가도록 하였다. 해질 무렵의 강물은 마음이 급하여서 뜀박질하여 달려가듯 빠르게 흘러가고 있었다.

당장이라도 물 속에 뛰어들고 싶었지만, 병사들이 지키고 있었으므로 아랑은 갈대숲에 숨어서 터져나오려는 흐느낌을 손을 물어뜯으면서 간신히 참아내리고 있을 뿐이었다.

이윽고 도미를 실은 배가 빠른 물살에 실려서 흘러가기 시작하자 군사들은 떼지어 사라지기 시작하였다. 그들이 사라져버리자 아랑은 남편 도미의 모습을 좀더 잘 보기 위해서 갈대숲을 나와서 강변을 따라 달려가기 시작하였다.

해질 무렵의 석양이었으므로 하늘도, 땅도, 강물도 모두 핏빛으로 타오르고 있었다.

"서방님."

아랑은 강물을 따라 흘러가는 배를 쫓아 미친 듯이 강변을 달려 내려가면서 소리를 질렀다. 그러나 강바람은 세어서 아랑의 목소리를 싹둑싹둑 잘라내었다. 강물 한복판을 따라 흘러내려가는 조각배 위에서 도미는 온몸이 꽁꽁 묶인 채로 아내 아랑이 외쳐 부르는 고함소리를 듣는지 못 듣는지, 아는지 모르는지, 이미 두 눈이 뽑혀서 앞을 못 보는 소경이 된 채 아무것도 알지도 보지도 못하고 죽은 사람처럼 물 흘러가는 대로 따라가고 있을 뿐이었다.

"서방님."

갈대숲이 아랑의 맨발을 찌르고, 베어 피가 흘러내려도 아랑은 그대로 배를 쫓아 달려나갔다. 흰 상복이 갈가리 찢겨져 나가도 아랑은 피를 토하듯 고함을 지르면서 배를 쫓아 달려나갔다. 아랑의 외마디 소리에 숲속에 잠들어 있던 물새떼들이 놀라서 일제히 자리를 박차고 일어나 핏빛으로 물든 하늘 위로 솟구쳐 올랐다.

강물은 좁은 계곡으로 빠져들고 있었다. 계곡이 되자 강이 좁아져서 천탄淺灘을 이루어 자연 물살이 속도가 더욱 빨라지기 시작하였다. 배가 여울목으로 접어들게 되자 아랑은 더 이상 배를 쫓아 강변을 달려나갈 수 없었다. 험준한 바위와 절벽이 강변을 가로막고 있었기 때문이었다.

아랑은 그대로 물 속으로 뛰어들었다. 가슴이 잠기도록 물 속에 뛰어들면서 아랑은 목이 터져라고 떠나 사라지는 남편 도미를 향해 외쳐 불렀다.

"서방님. 서방니임."

와랑와랑 흘러내리는 물결소리가 아랑의 절규를 지워버리고 남편 도미를 실은 배는 협곡의 여울목을 따라 쏜살같이 흘러내리고 있을 뿐이었다.

이제는 어쩔 수 없음이었다.

불러도 외쳐도 소리가 닿을 수 없는 먼 곳, 살아서는 서로 만날 수 없는 머나먼 곳. 죽어야만 만날 수 있는 사바娑婆를 뛰어넘은 정토淨土의 세계. 이승을 뛰어넘어 저승으로 가는 그 생사의 경계선을 향해서 조각배는 아득하게 멀어져가고 있을 뿐이었다.

절벽으로 뛰어올라가 아랑은 가물가물 멀어져가는 조각배가 안 보일 때까지 이를 지켜보았다고 전해지고 있다.

마침내 도미를 실은 배가 시야에서 멀어져 보이지 않게 되자 아랑은 그 자리에서 한바탕 곡을 하여 울고 마음을 정리하였다.

'이제는 어쩌는 수가 없다.'

아랑은 무서운 결심을 하였다.

'남편 도미를 마음속에서 떠나보낸 이상 이제는 어쩔 수가 없다. 어쩔 수 없이 대왕을 받아들여 그의 부인이 되는 수밖에 없을 것이다.'

맹인은 혼신의 힘을 다해 피리를 불고,
　　그의 아내는 춤을 추면서 노래하니 그 모습이 슬프고도 애처롭네.

그로부터 며칠 후.

대왕 여경의 근신인 향실이가 한낮에 아랑을 찾아와 다음과
같이 말하였다.

"대왕마마께서는 모든 약속을 지키셨다. 그대의 남편 도미의
눈동자를 빼어 소경을 만드는 대신 그대의 청원을 받아들여 목
숨만은 살려주셨다. 살려주셨을 뿐 아니라 그대가 원하였던 대
로 작은 배에 실어서 강을 따라 흘러가도록 이를 허락하셨다.
이제는 그대가 대왕마마와의 약속을 지킬 차례가 되었다."

"여부가 있겠습니까."

아랑은 선선히 대답하였다.

"그동안 월경은 끝나서 온몸은 깨끗하여졌는가."

"그렇습니다."

아랑의 대답에 향실은 흡족한 미소를 띠면서 다시 말하였다.

"오늘 밤 대왕마마께서 그대의 집에 머무르신 다음 함께 입궁하여 그대를 궁인으로 삼으려 하신다."

사기에는 향실이가 다음과 같이 말하였다고 기록하고 있다.

"지금부터 그대의 몸은 대왕마마의 소유이다自此後爾身 大王所有也."

이에 아랑은 다음과 같이 대답하였다.

"여부가 있겠습니까. 오늘부터 소저의 몸은 대왕마마의 소유입니다."

그날 저녁.

땅거미가 내리기를 기다려 아랑은 강가로 나아갔다. 대왕마마가 오기 전에 강물 속으로 들어가 머리를 풀어 감고 온몸을 깨끗이 씻어 목욕을 해둘 필요가 있었기 때문이었다. 아랑이 강가로 나아가 옷을 벗고 물속에 뛰어들어 몸을 씻을 무렵에 갑자기 보름달이 수면 위로 떠올라 강물이 월광으로 찬란하게 부서지고 있었으며 온 누리는 월색月色으로 충만하였다고 전해지고 있다.

강물 속으로 뛰어들어 온몸을 씻던 아랑은 기가 막혀 수면 위로 떠오른 보름달을 보면서 통곡하여 울기 시작하였다. 아무런 죄도 없는 사랑하는 남편을 생이별하여 멀쩡하게 소경을 만들어 떠나보내고 자신은 이제 새로운 사람을 맞이하여 개가改嫁를 하려 한다.

그리하여 오늘이 바로 그 첫날밤.

정절을 지키기 위해서 갖은 수를 쓰고 온갖 수단을 동원하였지만 마침내 역부족하여 오늘 밤 대왕마마를 맞아들이기 위해서 이처럼 목욕을 하고 있다. 기구한 자신의 팔자가 가엾고 불쌍해서 아랑은 보름달을 보면서 울고 달빛이 부서지고 있는 강물을 두 손으로 떠올려 온몸을 부어 씻어내리면서도 울곤 하였다.

그러나 이제는 어쩔 수 없음이었다.

이제는 대왕마마를 받아들여 그의 아내가 되어 궁인이 될 수밖에 없음이었다.

그때였다.

가슴이 잠기도록 강물 속에 깊이 들어가 몸을 씻고 있던 아랑은 달빛이 찬란한 강물 위로 무엇인가 알 수 없는 물건 하나가 떠올라 다가오고 있음을 발견하였다. 처음에 아랑은 그 그림자가 사람의 인기척처럼 느껴져서 본능적으로 벗은 몸을 가리면서 소스라쳐 놀랐었다.

"누구냐."

아랑은 날카로운 목소리로 소리를 질렀다. 그러나 아랑의 비명소리에도 그 그림자로부터는 아무런 대답이 없었다. 갈대숲 사이로 그 검은 그림자는 마치 먹구름을 벗어난 달처럼 조용히 스며들고 있을 뿐이었다. 아랑은 순간 정신을 가다듬고 홀연히 나타나 다가오고 있는 그림자를 물끄러미 바라보았다.

다행히도 검은 그림자는 사람의 모습은 아니었고 또한 물 위를 떠다니는 짐승의 모습도 아니었다. 그러나 그 검은 그림자는 강물 위에 떠서 물결을 따라 흘러가며 조용히 아랑의 몸을 향해 밀고 들어오고 있었다. 마치 아랑을 찾아서, 아랑을 향해 손을 흔들어 무언의 표시를 하듯이.

갈대숲에 몸을 숨기고 조심스럽게 그 검은 그림자를 살펴보던 아랑은 용기를 내어 그 그림자를 향해 앞으로 나아가보았다.

그러자 그 그림자는 기다렸다는 듯 아랑을 향해 다가오고 있었다. 푸른 달빛 아래 물결을 타고 흘러 들어오는 그 그림자의

모습이 아주 가까이 다가왔을 때 아랑은 비로소 그 검은 그림자가 무엇인가를 알아볼 수 있었다.

그것은 배였다.

한 척의 배가 다가오고 있었던 것이었다.

자신을 향해 다가오고 있는 배를 발견한 순간 아랑은 소스라쳐 놀랐다. 비록 며칠 전 먼발치에서 숨어 지켜보았지만 이 작은 배는 분명히 남편 도미를 태우고 강물을 따라 흘러 내려간 바로 그 배임에 틀림이 없어 보였다.

그렇다면.

아랑은 그럴 리가 없다고 생각하면서도 성급히 배의 그림자를 향해 달려나갔다.

남편 도미의 모습이 배 위에 그대로 밧줄로 꽁꽁 묶인 채 앉아 있는 것은 아닐까.

"서방님."

행여나 하여 아랑은 소리를 지르면서 배의 곁으로 다가가 보았다. 그러나 배 위는 텅 비어 있었다. 그 대신 도미가 끌려갈 때 온몸을 결박하였던 노끈들이 배 위에 풀린 채 널려져 있을 뿐이었다. 그 노끈들을 보자 아랑은 이 배가 남편 도미를 싣고 강물을 따라 머나먼 곳으로 흘러 내려갔던 바로 그 배임에 틀림없다는 것을 확신할 수 있었다. 바로 그 배라면 틀림없이 남편 도미는 강물을 타고 흘러 내려가다 여울을 만나서 강물 속에 빠져 목숨이 붙어 있는 채로 수장되었을 것이다. 아니다. 아랑은 머리를 흔들면서 소리를 내어 부정하였다.

그이는 아직 죽었을 리가 없다.

온몸을 묶었던 포승들이 이렇게 풀어져서 배 위에 흩어져 있는 것을 보면 남편 도미가 배 위에서 포승을 풀었음을 암시하고 있는 것이 아닐까. 그렇다면 그이는 아직 죽지 아니하고 살아 있다.

하지만.

아랑은 한숨을 쉬며 생각하였다.

설혹 그이가 노끈을 풀고 배에서 벗어나 뭍에 올라 살아 있다 하여도 하루아침에 두 눈이 뽑힌 소경이 되어서 어떻게 목숨을 부지할 수 있단 말인가.

그보다도 일단 강물을 따라 흘러 내려가 하구로, 바다로 흘러 내려갔던 그 배가 어떻게 강물을 거슬러 올라와서 자신의 곁으로 다가올 수 있단 말인가.

생각이 거기에까지 미치자 아랑은 그 배가 자신을 찾아온 것이라는 사실을 깨달을 수 있었다.

이 배는 나를 찾아 강물을 거슬러 올라왔다. 보이지 않는 곳에서 자신을 부르고 있는 강한 힘에 이끌려서 이 배는 자신을 태우기 위해서 이곳까지 흘러온 것이다.

이때의 모습을 《삼국사기》는 다음과 같이 묘사하고 있다.

"부인은 그만 도망하여 강 어귀에 이르렀지만 건너갈 수 없어 하늘을 부르면서 통곡하고 있던 중 홀연히 한 척의 배가 물결을 따라 흘러오는 것을 보았다 婦便逃至江口 不能渡 呼天慟哭 忍見孤舟 隨波而至."

그 배가 남편 도미가 타고 있던 배로 밝혀지자 아랑은 자신도 그 배 위에 올라타기로 결심한다.

더 이상 망설일 필요가 없었다.

도미는 단 한 사람의 남편이었다. 살아도 남편을 따라 살고 죽어도 남편을 따라 죽어야 하는 지어미로서 무엇을 더 이상 망설일 필요가 있을 것인가.

아랑이 황급히 옷을 입고 배 위에 오르자 그 배는 마치 기다렸다는 듯 갈대숲을 벗어나 강물을 따라 흘러 내려가기 시작하였다고 사기는 기록하고 있다.

보름달이 휘영청 떠올라 사위는 대낮처럼 밝았으며 강물 위도 달빛의 은린銀鱗으로 찬란하게 부서지고 있었다.

죽는다. 아랑은 배를 타고 흘러가면서 소리를 내어 결심하였다.

나도 남편을 따라 죽을 것이다. 남편이 타고 흘러가다가 물에 빠져 수장되어 죽은 바로 그 배를 타고 흘러가다가 나도 강물에 빠져 죽어 물고기의 밥이 될 것이다. 어차피 생에 대한 애착도 없고, 삶에 대한 미련도 더 이상 있지 않다.

배는 강물을 타고 하구로 하구로 흘러가고 있었다. 좁은 계곡을 만나자 강물은 더욱 빨라져서 미친 여울이 되었다. 물결은 이제라도 당장 작은 배를 뒤엎어버릴 듯 거칠게 흘러가고 있었지만 아랑은 배 위에 올라앉아 흐르는 물에 몸을 맡기고서 천천히 생과 사, 나고 죽고 또다시 나고 죽는 윤회의 세계를 떠나서 피안彼岸의 세계 저편으로 떠내려가고 있었다.

천탄과 여울, 폭포와 격랑을 따라 흘러 내려오는 동안 아랑은 그대로 정신을 잃었다. 잠시 죽은 듯한 혼절 속에서 깨어나 아랑이 다시 정신이 들었을 때는 달마저 기울어가는 새벽녘이었다. 급경사를 이루면서 쏟아져 내리는 폭포 위에서 이제는 죽었다고 생각하면서 까마득 정신을 잃어버린 후에 되살아난 아랑은 여기가 어디인가 잠시 주위를 살펴보았다.

자신은 아직도 배 위에 타고 있었다. 그 무시무시하던 격랑의 강물은 어느새 가라앉고 호수의 물결처럼 잔잔하였다.

강물을 따라 흘러가던 배는 더 이상 움직이지 않고 강물 위에 떠 있는 모래톱 위에 닿아 있었다. 배는 사주沙州에 얹혀진 채 움직이질 않았다. 마치 도착해야 할 목적지에 다다른 것처럼.

아랑은 배를 내려 그 모래톱 위로 올라섰다. 사기에는 이 섬을 천성도泉城島라 부르고 있다.

사기에서 기록한 아랑이 다다른 모래톱인 천성도의 위치가 오늘날의 어디인가는 알려진 바가 없다. 아랑이 그 섬에 다다랐을 때는 한밤중이었는데, 아랑은 섬에 오른 순간 무슨 소리가 들려오는 것을 느꼈다.

아랑은 숨을 죽이고 귀를 기울였는데, 정적을 뚫고 어디선가 피리 소리가 들려오고 있었다. 그 피리 소리를 듣는 순간, 아랑은 심장이 멎는 것 같은 충격을 느꼈다.

그 피리 소리는 분명 남편이 부는 피리 소리였던 것이었다. 피리는 원래 필률이라고 불렸는데, 서역西域에서부터 전래된

악기였다. 남편 도미는 피리를 즐겨 불고 특히 갈대를 꺾어서 스스로 구멍을 뚫어 만드는 세피리를 곧잘 불곤 하였던 것이었다.

행여 잘못 들은 것이 아닌가 하여 아랑은 다시 숨을 죽이고 피리 소리에 귀를 기울였는데, 틀림없이 귀에 익은 남편이 부는 피리 소리였다.

'살아 있다.'

순간, 아랑은 소리를 내어 중얼거렸다.

'그이가 죽지 않고 살아 있다.'

아랑은 그 피리 소리를 따라서 갈대숲을 헤치고 앞으로 달려 나아갔다. 모래톱의 사구沙됴로 뛰어오르자, 갈대를 꺾어 만든 초막 하나가 달빛 아래 드러나 보였다. 그 초막 옆 빈터에서 웬 사람 하나가 앉아서 피리를 불고 있었다.

이것이 꿈인가, 생시인가. 아랑은 믿어지지 않아서 감았던 눈을 뜨고 재삼재사 확인하여 보았지만, 달빛 아래 정좌하고 앉아서 피리를 불고 있는 사람의 모습은 분명히 남편 도미의 모습이었던 것이었다.

사기에는 이때의 모습을 간단하게 다음과 같이 기록하고 있을 뿐이다.

"배를 타고 천성도에 이르러 다시 남편을 만났는데, 그는 아직 죽지 아니하고 살아 있었다乘至泉城島 遇其夫未死."

두 사람은 모래톱에서 풀뿌리를 함께 캐어 먹으면서掘草根以喫 연명해나갔다고 사기는 기록하고 있다. 갈대를 꺾어 초막을 짓고 이엉을 엮어 지붕을 얹어 비와 바람을 피하고, 배가 고프고 주리면 풀뿌리를 캐어 먹고, 눈먼 소경인 남편을 도와 그의 손과 발이 되어주면서 아랑은 강가로 나아가서 물고기를 잡아서 함께 나눠 먹으며 한철을 보냈다고 전해지고 있다.

어느 날 아랑은 아침에 물가로 나아가 자신의 모습을 보았다. 마침 불어오는 바람도 없어 강물은 호수처럼 맑아 구리거울을 들여다보는 느낌이었다. 맑은 강물 위에는 자신의 모습이 거꾸로 비쳐 보이고 있었다. 문득 강물 위에 떠오른 자신의 얼굴을 발견한 순간 아랑은 소스라쳐 놀랐다. 강물 위에 선명히 떠오른 자신의 얼굴은 자신이 보아도 넋을 잃을 만큼 황홀하게 아름다운 얼굴이었기 때문이었다.

이 얼굴 때문인가.

아랑은 물끄러미 물 위에 떠오른 자신의 얼굴을 바라보면서 생각하였다.

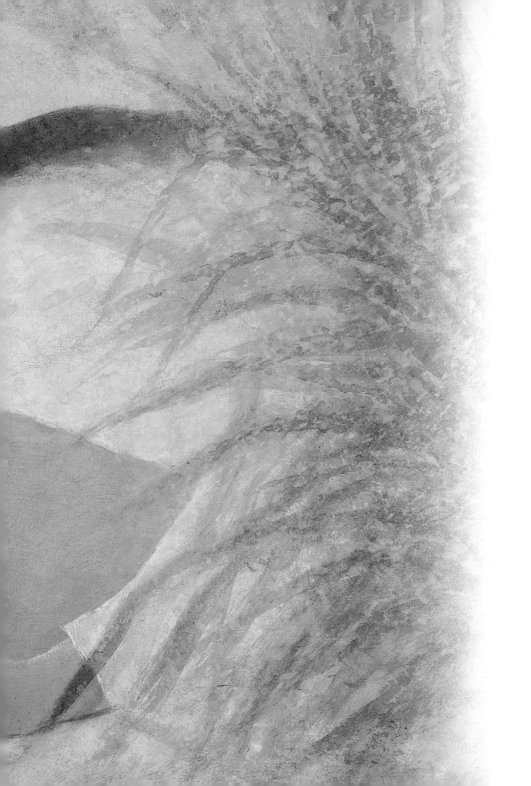

이 모든 불행이 이 얼굴 때문인가. 남편 도미가 하루아침에 눈동자를 뽑히고 소경이 되어버린 것도 이 얼굴 때문인가. 이처럼 멀리 멀리 도망쳐서 낯설고 외딴 섬에서 풀뿌리를 캐어 먹으면서 하루하루 목숨을 부지해가는 기구한 운명도 따지고 보면 저 얼굴 때문이 아닌가.

지금껏 한 번도 객관적으로 생각지 못해 보았던 자신의 얼굴을 아랑은 마치 그것이 남의 얼굴인 것처럼 들여다보았다.

아랑은 자신의 아름다운 얼굴을 증오하고 저주하기 시작하였다.

내가 남편 도미를 사랑하는 것은 그가 눈동자를 뽑히고 앞 못 보는 소경이 되어서도 변치 않고 여전한 것이니 내가 하루아침에 추악한 모습을 가진 추녀가 되어버린다 하여도 남편 도미는 여전히 나를 사랑할 것이다. 남편 이외의 사람들이 나를 아름답다고 보는 것은 남편을 향한 내 사랑과는 전혀 상관없는 일이다. 그것은 오히려 남편을 향한 사랑에는 재앙이 될 뿐이다.

그날부터 아랑은 갈대를 베어내 그 잎으로 얼굴을 긁어내기 시작하였다고 전해지고 있다. 갈대의 잎은 날카로워 마치 날이 선 칼날과도 같았다. 그래서 갈대잎으로 얼굴을 긁어내리면 얼굴은 만신창이로 찢어져 피가 흘러내렸다. 며칠을 그대로 두면 그 상처가 가라앉아 딱지가 내리고 상처가 아물어들곤 하였는데 그러면 다시 아랑은 갈대잎으로 자신의 고운 얼굴을 찢어 상처를 내었다. 상처낸 자국에 일부러 갈대숲에 괴어 있는 곤죽같이 된 진흙인 흑감탕을 떠올려 상처에 문질러 덧나도록 하였다. 그렇게 되면 상처는 성이 나서 화농이 되고 금세 곪고 부어오르곤 하였다. 그러다가 가라앉으면 다시 상처를 내어 피를 흘리곤 하였는데 이러기를 가을이 올 때까지 계속하였다.

가을이 지나 겨울이 오면 강물이 얼어 아무래도 모래톱에서 한겨울을 지낼 수 없게 되어버릴 것이 분명하였으므로 겨울이 오기 전에 다시 배를 타고 이 섬을 떠나야 하기 때문이었다.

깊은 가을의 만추가 올 때까지 아랑은 계속 갈대를 베어 그 날카로운 날로 얼굴을 찢고 상처를 내었다가 덧나게 하기를 되풀이하였다.

어느덧 봄이 지나고 여름이 지나고, 가을이 되어 모래톱으로 날아온 철새들이 따뜻한 곳을 찾아 날아가버리고 그 대신 찬 북쪽에서부터 날아온 겨울새들이 하나씩 둘씩 날아와 보금자리를 만들 무렵 아랑은 강물 위에 살얼음이 끼는 것을 보자 다시 남편과 둘이 배를 타고 먼 곳으로 떠날 때가 되었다고 생각하였다. 이 섬에서 겨울을 보낼 수는 도저히 없었기 때문이었다.

그런 생각이 들자 아랑은 이른 새벽 강가로 나아갔다. 강상에는 자욱이 안개가 끼어 있었다. 봄이 지나고 여름이 지나고 가을이 지날 때까지 아랑은 한 번도 물 위에 비친 자신의 모습을 바라본 적은 없었다. 그러나 이제는 이 섬을 떠날 때가 되었으니 자신의 얼굴이 그새 어떻게 변했는지 확인해볼 때가 되었다고 아랑은 생각하였다.

남편과 둘이서 배를 타고 대처大處로 나아가 새 생활을 하려면 아름답던 자신의 모습, 그 어디에 나서도 담박 남의 눈에 띄는 빼어난 미모가 재앙을 불러올 것임을 아랑은 잘 알고 있었기 때문이었다.

안개가 낀 강가로 나아가 아랑은 갈대숲을 헤치고 고여 있는 물 위에 가만히 자신의 얼굴을 비춰보았다. 숲속에 고여 있는 물은 마치 동경銅鏡의 겉면과도 같았다.

그 물 위에 한 얼굴이 비쳐 떠 있었다.

태어나서 한 번도 본 적이 없는 더럽고 지저분한 추악한 얼굴 하나가 고인 물 위에 비쳐보이고 있었다. 그 얼굴은 도저히 이 세상의 얼굴이라고는 말할 수 없는 기괴한 모습이었다. 지난 봄에 고기를 잡기 위해서 강가로 나왔다가 우연히 물 위에 비쳐보았던 자신의 모습과는 하늘과 땅만큼의 차이가 있었다.

이것이 내 얼굴이란 말인가.

아랑 자신도 놀라서 맥없이 주저앉아 물 위에 떠 있는 자신의 얼굴을 새삼스레 다시 들여다보았다고 전해지고 있다.

그 아름답던 얼굴은 흔적도 없이 사라지고 물 위에는 귀신의 얼굴 하나가 떠올라 있을 뿐이었다.

곱던 살결은 거칠어져 마치 창병瘡病에 걸린 듯하였으며 부드럽고 윤기 있던 머리카락은 말라 비틀어진 고엽枯葉처럼 시들어 있었다. 빛나던 눈동자는 풀어져 정기를 잃었으며 그새 수십 년이 흘러가 백발의 노파가 되어버린 듯 머리카락은 희게 변하였고 얼굴에는 잔나비와 같은 주름이 가득하였다.

철저하게 변하여버린 자신의 얼굴을 보자 그것이 원하던 바이긴 하였지만 아랑은 긴 한숨과 더불어 숨죽여 울기 시작하였다.

그러나 그것이 인생이었다.

저 들판의 꽃들도 다투어 피어나 만발하지만 때가 되면 시들어 죽어가버린다. 저 안개 낀 강물 위를 나는 새들도 가을이 되면 찾아가 둥우리를 틀어 새끼를 까지만 세월이 흘러 때가 되면 제각기 가야 할 곳으로 날아가버린다. 이제 갓 피어난 아름다움은 영원할 수 없으며 젊음은 한때 흘러가는 구름과 같다.

아랑은 추악하게 변해버린 자신의 얼굴을 보자 이제 마침내 안심하고 남편과 더불어 섬을 떠날 때가 되었다고 생각한다. 아랑은 나무를 베어 그것으로 남편을 위한 지팡이를 만들고 그들이 타고 온 작은 배에 몸을 실어 한철을 보내었던 천성도를 떠났다.

그들이 갈 곳은 아무 곳도 없었다.

아무리 얼굴을 상처내어 추악한 귀신의 얼굴로 만들었다고는 하지만 앞을 못 보는 남편과 둘이서 남의 눈을 피해 살아갈 수는 없는 일이었다. 백제의 왕국 안에서는 도망치려야 도망칠 곳이 없었으며 임금의 손길을 피하려야 피할 수 없었다.

하루아침에 아랑을 잃어버린 대왕 여경은 대로하여 곧 군사를 풀어 왕국 안을 이잡듯 샅샅이 뒤졌을 것이다.

아랑이 선택한 곳은 백제가 아닌 고구려의 땅.

그 무렵 많은 사람들은 왕국에서 대죄를 짓거나 도망쳐 목숨을 구할 양이면 신라보다는 고구려를 택하여 망명을 하곤 하였었다. 당시 고구려는 백제와 원수지간이었으므로 백제에서 죄를 지은 사람은 고구려로, 또한 고구려에서 죄를 지은 사람은 백제를 망명지로 택하곤 하였었기 때문이었다.

그러므로 아랑이 남편과 둘이서 도망칠 곳은 단 한 곳밖에 없었다.

그곳은 고구려.

살얼음이 낀 강물 위를 아랑은 남편과 둘이서 배를 타고 정처 없이 떠나기 시작하였다. 두 사람의 이러한 모습을 사기는 다음과 같이 간략하게 표현하고 있다.

"두 사람은 풀뿌리를 캐어 먹으면서 함께 지내었다. 마침내 때가 되었을 때 두 사람은 함께 배를 타고 그 섬을 떠났다 掘草根以喫 遂與同舟."

강을 지나 바다를 건너 두 사람이 이르른 곳은 고구려의 땅이었다. 사기에는 이 땅 이름을 '추산萩山'이라고 부르고 있는데 그곳이 지금의 어디인지는 알려진 바가 없다. 다만 알려지기는 '고구려 사람들이 이 맹인 부부를 불쌍히 여기어 음식과 옷을 주었다 麗人哀之 焉以衣食'고만 사기는 기록하고 있을 뿐이다.

고구려 사람들은 그 누구도 앞 못 보는 소경을 부축하여 다니면서 밥을 얻어 구걸을 하여 먹는 그 여인이 이웃 나라 백제에서 대왕이 탐심을 품을 만큼 경국지색이었음을 전혀 알아보지 못하였다. 사람들은 다만 그 추악하게 생긴 여인이 앞 못 보는 맹인을 남편으로 가지고 있는 가엾은 걸인이라고 생각하고 있을 뿐이었다.

그러면서도 그들 백제에서 건너온 유민流民들이 고구려 사람들의 관심을 끈 것은 맹인 남편이 기막히게 피리를 불고 있다는 점이었다. 구걸하며 다닐 때는 남편은 항상 손에 피리를 들고 다녔다. 고구려에서도 피리가 없었던 것은 아니나 이는 대부분 대피리, 복숭아나무로 만든 도피桃皮피리와 같은 큰 피리들이었는데 이 맹인은 대나무를 깎아서 직접 만든 세피리를 불고 있었던 것이었다.

그 피리 소리가 듣는 사람의 간장을 에일 만큼 슬픈 것이어서 사람들은 그 피리 소리를 들으면 절로 눈물을 흘리곤 하였다고 전해지고 있었다. 그래서 고구려 사람들은 필시 두 걸인 부부가 백제에서 큰 사연을 지닌 사람들이었을 것이라고 짐작을 하게 되었으며 간혹 어떤 사람들은 피리를 부는 남편을 앞세우고 동냥을 하는 여인에게 그 연유를 묻곤 하였다.

당시 고구려의 여인들은 건귁巾幗이라는 머리쓰개를 쓰고 다녔었다. 오늘날에도 고구려 여인들의 머리쓰개 모습들은 고구려의 고분벽화에서 그 흔적을 발견할 수 있으며《구당서》의 고구려조에서는 다음과 같은 기록이 나오고 있다.

"고구려의 부인들은 머리에 건귁을 쓰고 있다婦人首 加巾幗."

아랑도 고구려 여인들처럼 건귁이라고 불리고 있는 머릿수건을 쓰고 있었는데 그 수건으로 이마는 물론 얼굴이 안 보일 만큼 깊숙이 쓰고 다니고 있었다.

사람들이 뭐라고 물어도 일체 시선이 마주치는 법이 없었으며 입을 열어 대답하는 일도 없었다. 그래서 사람들은 걸인의 아내는 말 못하는 벙어리인 줄만 알고 있었다.

그 맹인의 아내가 말 못하는 벙어리가 아니라는 것이 밝혀진 것은 우연한 기회였다. 마을에서 잔치가 있어 남은 음식을 얻어 간 여인은 함께 술도 몇 잔 얻어갔는데 그 맹인 부부는 그 술을 함께 나눠 마시고는 흥이 났는지 남편은 피리를 불고 그 아내는 갑자기 춤을 추기 시작하였던 것이었다. 춤뿐 아니라 노래까지 불렀는데 이 소문은 곧 온 마을로 번져나가서 구경거리가 되었다. 그들은 그 걸인인 여인의 춤을 추는 모습을 보고는 모두 놀랐다. 아름답게 춤을 추는 여인의 모습은 그들이 평소에 보아 익히 알고 있던 추악하고 못생긴 거지가 아니었으며 마치 하늘에서 하강하여 내려온 선녀와도 같은 모습이었다. 뿐만 아니라 흥에 겨워 부르는 여인의 노랫소리는 옥을 굴리는 듯하였다.

이를 신기하게 여긴 사람들은 그래서 간혹 동냥을 하러 온 그들 부부에게 귀한 술을 조금씩 나눠주곤 하였다. 귀한 술을 조금씩 모아두었다가 이들 부부는 함께 술을 마시고 흥이 오르면 곧잘 피리를 불고 춤을 추곤 하였다.

사람들은 점점 이들을 불쌍하게 여기기보다는 이들이 이 세상에서 가장 행복한 부부일지도 모른다고 생각하게 되었다. 이들은 가지려고 욕심을 내지 않았으며 있으면 먹고 없으면 굶었다. 추우면 동네 사람들이 주는 헌옷을 껴입고 다녔으며 때로는 죽은 사람들이 입다 버린 옷도 얻어 입고 다녔다. 두 사람은 단 한시도 떨어져 다니는 법이 없었다. 아내는 남편의 눈이었으며 두 사람은 한 몸의 동체同體였다. 그들의 얼굴에서는 한시도 미소가 사라지는 법이 없었다. 한 끼의 밥을 얻으면 너무나 행복한 얼굴로 감사를 하곤 하여서 오히려 주는 사람이 미안할 정도였다.

그래서 사람들은 하루에 한 번씩 피리를 부는 소경 남편을 부축하고 걸인의 아내가 나타나면 이를 반가워하였고 그 피리 소리가 하루라도 들리지 아니하면 혹시 무슨 일이나 생긴 것이 아닌지 이를 몹시 궁금해하곤 하였다.

그러던 어느 날이었다.

마을 사람들은 그 피리 소리를 너무나 오랫동안 듣지 못하였음을 약속이나 한 듯 다 함께 느끼게 되었다.

마을 사람들은 동시에 이를 이상하게 생각하게 되었다. 그래서 사람들은 한꺼번에 그 맹인 부부가 살고 있는 바닷가로 달려가보았는데 초막에는 맹인 남편이 누워 있었으며 그의 부인이 곁에서 간호를 하고 있었다. 벌써 여러 날을 누워 있었고 골수에까지 병이 들어 회복할 수 없을 만큼 임종이 가까워 있는 것처럼 보였다. 마을 사람들이 다투어 먹을 것과 마실 것을 가져다주었으나 남편의 생명은 회생할 가망이 없어 보였다.

마을 사람들은 생각다 못하여 술을 가져다가 두 사람에게 주었다. 그러자 죽어가는 맹인은 생명이 다하기 전에 마지막 술을 마셨으며 그의 아내도 함께 주거니 권커니 하면서 합주合酒를 하였다.

술 기운이 죽어가는 맹인에게서 마지막 힘을 불러일으켰는지 그는 뉘었던 몸을 일으켜서 피리를 불기 시작하였다. 죽어가는 남편이 피리를 불자 기다렸다는 듯이 여인은 일어서서 춤을 추기 시작하였다. 비록 몸에는 죽은 시체에서 벗겨낸 분소의를 입고 있었지만 춤을 추는 여인의 모습은 성의를 걸친 선녀와도 같아 보였다.

춤을 추면서 여인은 그들의 귀에 익은 노래를 부르기 시작하였다.

아르랑 아르랑 아라리요
아르랑 얼시고 아라리야
아르랑 타령을 정 잘하면
술이나 생기어도 삼잔이라
아르랑 아르랑 아라리요
아르랑 얼시고 아라리야
세월아 봄철아 가지를 마라
장안의 호걸이 다 늙는다
아르랑 아르랑 아라리요

아르랑 얼시고 아라리야

달이 보느냐 님 계신 데

명기明氣를 빌려라 나도 보게

그 노래는 마을 사람들이 익히 들어왔던 노래였다. 훗날 이 노래는 아랑의 이름을 따라 아랑가阿郎歌라고 불리게 되었으며 천년의 세월을 두고 사람들의 입에서 입으로 전해 내려와서 오늘날까지 전해 오는 하나의 민요가 되었음이다. 마을 사람들은 혼신의 힘을 다해 부는 소경의 피리 소리와 춤을 추면서 노래하는 소경의 아내 아랑의 목소리가 너무나 슬프고 애처로워서 모두들 눈물을 흘리기 시작하였다고 전해지고 있다.

아르랑 아르랑 아라리요

아르랑 얼시고 아라리야

명년 삼월 춘절春節이 되면

너는 또다시 피려니와

아르랑 아르랑 아라리요

아르랑 얼시고 아라리야

우리나 인생은 한번 지면

움이나 날까 싹이나 날까

　　다음날 마을 사람들이 다시 바닷가로 가 보았을 때는 그 움막
에는 아무도 없었다. 누웠던 소경도 없었으며 이를 간호하던 아
내의 모습도 보이지 않았다. 사람들은 모두들 기이하게 생각하
였다. 그래서 그들은 잠시 어디론가 출타하였을 것이라고 생각
하고 기다리기로 하였다.

　　그러나 몇 날 며칠을 기다려도 그들은 돌아오지 않았다.

　　며칠 뒤 고기잡이에서 돌아온 어부들이 마을 사람들에게 이
상한 소식을 전하였다. 바다 한가운데에서 어부들이 그 맹인 부
부를 보았다는 것이었다. 바다 위에 안개가 자욱이 끼어 있었으
므로 그만 고기잡이는 글렀다 하고 일찍이 돌아오려는데 안개
속에서 낯익은 피리 소리가 들려오기 시작했다는 것이었다.

　　바다 위에서 무슨 피리 소리인가 하고 어부들은 처음에는 이
를 믿지 아니하였는데 점점 그 피리 소리가 가까워오고 그 피리
소리가 그들이 행방을 몰라 궁금해하던 맹인 부부의 피리 소리
였으므로 안개 속을 바라보고 있노라니 작은 배 하나에 몸을 실

은 맹인과 그의 아내 아랑이 다가오고 있더라는 것이었다. 어부들은 너무나 놀라서 이 믿기지 않는 풍경에 넋이 나가 물끄러미 바라만 보고 있었는데 이 배는 그들이 타고 있는 고깃배를 스치면서 지나가고 있었다는 것이었다. 그런데 놀라운 것은 그들의 모습이었다.

배 위에 타고 있는 그 부부의 모습은 예전에 그들이 보아오던 걸인 부부의 모습이 아니었다. 맹인은 화모花帽를 쓰고 있었으며 눈부시게 화려한 복장에 늠름한 풍채를 갖고 있었다. 그뿐 아니라 더욱더 놀라운 것은 그 남편이 더 이상 소경이 아니라 두 눈을 활짝 뜨고 있음이었다. 얼굴은 해와 같이 빛나고 온몸은 눈부시게 보였다.

뿐만 아니라 소경의 아내 아랑은 그의 남편 곁에 바짝 앉아 있었는데 그들이 평소에 보아온 분소의를 입은 병들고 늙은 노파의 모습이 아니었다. 그들은 그처럼 아름다운 여인의 모습을 일찍이 본 적은 물론 들어본 적도 없었다. 아랑은 남편의 곁에 앉아서 남편이 부는 피리 소리에 맞추어서 그들이 이미 들어 알고 있는 노래를 부르고 있었다.

아르랑 아르랑 아라리요

아르랑 얼시고 아라리야

우리나 인생은 한번 지면

움이나 날까 싹이나 날까

어부들은 안개 속을 뚫고 나타난 부부를 태운 배가 마치 부딪치기나 할 듯이 바짝 고깃배를 스치고 지나갔으므로 놀랍게 변화된 두 부부의 모습을 똑똑히 볼 수 있었다.

너무나 가까워서 그들은 손만 닿으면 그들의 몸을 만질 수 있을 것만 같았다. 그럼에도 불구하고 그들은 감히 그들의 곁을 스쳐 지나가는 두 부부를 불러 세우거나 제지할 수 없을 것 같은 느낌을 받고 있었다.

그들의 모습은 이미 생사를 초월하여 뛰어넘은 비현실적인 세계의 모습이었다. 젊은 어부 하나가 용기를 내어 소리쳐 물어보았다고 전해진다.

"어디 가세요."

분명히 소리쳐 부르는 젊은 어부의 목소리를 들었을 터인데도 그들 부부는 이를 못 들었는지 함께 피리를 불고 노래를 부

르면서 스쳐 지나 멀어져가고만 있을 뿐이었다. 안개가 짙어서
한 치 앞도 볼 수 없었는데도 두 사람을 태운 배는 곧 안개 속으
로 가물가물 사라지고 있을 뿐이었다.

그 이후 두 사람의 모습을 보았다는 사람은 아무도 없다. 《삼
국사기》에는 다만 두 사람의 최후를 다음과 같이 표현하고 있을
뿐이다.

"……두 사람은 구차스럽게 살면서 객지에서 일생을 마쳤다
遂苟活終於羈旅."

한편 무도 황음에 빠져 벽촌의 소시민 도미의 아내 아랑을 탐
하려 하였던 대왕 여경. 그는 그 후 어떻게 되었는가.

인간은 자신이 뿌린 만큼 그대로 거두게 되는 법. 이 세상에
있는 모든 만물은 이 진리를 벗어날 수가 없다. 죄의 씨앗을 뿌
리면 죄의 열매를 거두고 선의 씨앗을 뿌리면 복밭福田의 열매
를 뿌린 만큼 거두게 되는 법. 인과응보因果應報의 이 진리를 세
인世人들은 다만 하나의 상징으로만 받아들일 뿐이다.

남의 눈을 빼어 소경을 만들었으면 그 자신도 언젠가는 남에
게 눈동자를 빼앗겨 소경이 되어버릴 것이다.

남의 아내를 탐하였으면 그도 언젠가는 자신의 아내를 빼앗

142

길 것이다.

　도미의 눈을 빼어 소경을 만들고 그의 아내를 탐하기 위해서 차마 인간으로서는 행하지 못할 인륜을 거역한 대왕 여경의 비참한 운명을 암시하듯 개로왕 14년, 서기 468년. 대왕 여경이 도미의 두 눈을 빼어 소경으로 만든 바로 그 해에 백제의 왕도 한산에서는 낮동안 갑자기 해가 빛을 잃고 온 세상이 어둠으로 휩싸이는 변고가 있었다. 이 어둠은 오랫동안 계속되었다. 이른바 일식日蝕이 됐었다.

　《삼국사기》에는 다만 이렇게 기록되어 있을 뿐이다.

　"개로왕盖鹵王 14년 10월 초하루 계유癸酉에 일식日蝕이 있었다."

　그로부터 7년 뒤.

　대왕 여경은 고구려 군사의 공격을 받고 비참한 최후를 맞게 된다.

　이때의 기록이 사기에 다음과 같이 간략하게 나와 있을 뿐이다.

　"대왕 여경은 아차산성 밑으로 압송되어 그곳에서 살해되었다縛 送於阿 且城下戕之."

낮잠의 짧은 꿈속에서 만났던 몽유夢遊의 여인, 그 꿈속에서 만났던 천상天上의 여인을 현실 세계 속에서 찾으려 했던 대왕 여경. 그러다가 비참한 최후를 맞게 되는 비극의 주인공 개로 왕. 그를 한갓 어리석은 사람이라고 비웃을 수 있을 것인가.

어차피 우리들의 인생이란 한갓 꿈속에서 본 도원경桃源境을
현실에서 찾기 위해서 헤매는 몽유병夢遊病의 꿈놀이가 아닐
것인가.

몽유도원도

초판 1쇄 발행 2002년 10월 2일
초판 7쇄 발행 2009년 7월 15일

지은이 ㅣ 최인호
펴낸이 ㅣ 정중모
펴낸곳 ㅣ 도서출판 열림원
등록 ㅣ 1980년 5월 19일(제1-124호)
주소 ㅣ 경기도 파주시 교하읍 문발리 파주출판도시 513-15
전화 ㅣ 02-3144-3700
팩시밀리 ㅣ 02-3144-0775
인터넷 ㅣ http://www.yolimwon.com
E-mail ㅣ editor@yolimwon.com

* 책값은 뒤표지에 있습니다.

ISBN 978-89-7063-317-6 03810